Sammlung Trajekt
Herausgegeben von Manfred Peter Hein

1 Eino Leino, Die Hauptzüge der finnischen Literatur
2 Alexis Kivi, Die sieben Brüder
3 Antti Hyry, Daheim
4 F. E. Sillanpää, Das fromme Elend
5 Veijo Meri, Erzählungen
6 Paavo Haavikko, Zwei Erzählungen
7 Johan Turi, Erzählung von dem Leben der Lappen
8 Paavo Haavikko, König Harald
9 Johan Vilhelm Snellman, Deutschland
10 Maiju Lassila, Streichhölzer
11 Pentti Haanpää, Erzählungen
12 Antti Hyry, Erzählungen
13 Pentti Haanpää, Der Teufelskreis
14 Karl August Tavaststjerna, Harte Zeiten
15 Pentti Haanpää, Die Stiefel der neun
16 Antti Tuuri, Der steinigste Ort
17 Henry Parland, (z. B. schreiben wie gerade jetzt)
18 Hella Wuolijoki / Bertolt Brecht, Sõja laul /
Das Estnische Kriegslied
19 Christer Kihlman, Homo tremens
20 Jaan Kross, Vier Monologe Anno Domini 1506
21 Veijo Meri, Das Manilaseil
22 Paavo Haavikko, Die Nacht bleibt nicht stehn
23 Veijo Meri, Quitt

Veijo Meri

Quitt

Roman

Aus dem Finnischen
von
Richard Semrau

Klett-Cotta

Quitt

1

Das Donnern im Westen hielt Tag und Nacht an. Es war wie das eigene Atmen, wo man auch hinging, es kam mit. In den Häusern summten die Fensterscheiben leise, wie für sich. Wenn einer den Finger an die Scheibe drückte, hörte das Summen auf. Mehr konnte man hier gegen die Offensive nicht tun. Die Jagdbomber kamen täglich zwei-, dreimal, niedrig, schräggelegt, hochkant. Sie waren wie Schatten. Das Dröhnen, das sich durch den Wald wälzte, war selbst wie eine Maschine.

Der Lautsprecher des Gegners verkündete seit mehr als einer Woche:

FINNISCHE SOLDATEN, HÖRT AUF UNS, HÖRT AUF UNS! HIER SPRICHT DIE SOWJETUNION, EIN LAND DER VEREINTEN NATIONEN. GEHT FORT, SOLANGE IHR EURE HÄNDE NOCH NICHT MIT BLUT BESUDELT HABT. GEHT FORT, SOLANGE ES NOCH NICHT ZU SPÄT IST. DENN IHR WERDET GERICHTET WERDEN, WO IHR EURE VERBRECHEN BEGEHT.

Die Gewißheit über den Aufbruch kam als Marschbefehl. Der Unteroffizier schrieb auf den Deckel einer Zigarettenschachtel: Jetzt gehen wir, aber einmal kommen wir wieder. Den Deckel klemmte er mit einem abgebrochenen Streichholz in den Rindenspalt einer Kiefer.

Sie marschierten fünf Kilometer und bezogen Stellung hinter einer Ackerfläche. Bald kamen zwei andere Kompanien ihres Bataillons, die noch weiter nach hinten marschierten, um dort in Stellung zu gehen. Der Gegner hatte ihren Abzug offenbar nicht bemerkt, er störte ihn jedenfalls nicht durch Artilleriefeuer. Der Troß war schon über den Vuoksi, alle Vorräte waren fortgeschafft.

In der Nacht ging der Rückzug weiter. Sie marschierten durch ein Barackenlager. Die Baracken waren geräumt, doch man hatte sie nicht niedergebrannt, weil der Gegner nichts merken sollte. Auch sie ließen sie unversehrt.

Im schrägen Sonnenlicht des Morgens marschierten sie einen Waldweg entlang, es war, als zögen sie durch einen langen Flur oder durch ein Atelier. Der Wald blinkte und glitzerte wie eine Blaskapelle. Wie von den Lichtflecken und Schatten gejagt, kamen ihnen fünf Soldaten entgegengerannt. Sie riefen, daß auf der Chaussee Russen seien.

»Das war ein Spähtrupp«, sagte der Kompanieführer.

»Schon möglich, sie fuhren in einem Auto.«

Das Geschrei rief den Bataillonskommandeur herbei. Er trat aus dem Unterholz, gefolgt von einem alten Feldwebel. Beide hielten die Maschinenpistole feuerbereit.

»Hier seid ihr also? Was sucht ihr hier?«

»Wo sollten wir sonst sein, Herr Major?« fragte der Kompanieführer. »Wir haben am Feldrand gelegen und sind um Mitternacht aufgebrochen, wie vereinbart. Russen haben wir nicht gesehen.«

»Und wo ist dann die erste Kompanie?«

»Die haben wir seit gestern nachmittag nicht mehr gesehen.«

»Die Männer da sind von der ersten Kompanie«, warf der Unteroffizier ein.

»Wir wissen auch nicht, wo sie jetzt ist. Wir lagen ganz am Flügel. Nach einer Weile haben wir gemerkt, daß alle weg sind. Da haben wir uns auch auf den Weg gemacht. Und dort an der Chaussee sind wir gleich auf die Russen gestoßen.«

»Die Männer da sind von der ersten Kompanie«, wiederholte der Unteroffizier. »Sie sind liegengeblieben, als die anderen abzogen. Als sie merkten, daß sie allein waren, sind sie auch aufgebrochen. Auf der Chaussee haben sie Russen gesehen, die fuhren in einem Auto.«

»Wo haben sie Russen gesehen?« fragte der Bataillonskommandeur.

»Sie fuhren einen Geländewagen«, sagten die Männer.

»Schon gut, gehen wir hin. Vielleicht kriegen wir sie noch zu sehen.«

Der Bataillonskommandeur schritt voran, der Feldwebel folgte ihm, der Unteroffizier zockelte hinterher.

Der Damm der Chaussee tauchte wie ein sandiger Höhenzug zwischen den Bäumen auf. Der Wald dahinter sah aus, als wüchse er durch ihn hindurch. Sie bestiegen den Damm wie einen Tisch.

»Hier sind soeben Autos vorbeigefahren«, sagte der Unteroffizier. »Die Spuren stauben noch, und es stinkt nach Benzin.«

»Versuchen Sie, Ihre Beredsamkeit etwas zu zügeln«, sagte der Bataillonskommandeur.

Die Kompanie überquerte die Chaussee und setzte ihren Marsch durch den Wald fort. Der Bataillonskommandeur verließ sie zwei Kilometer weiter nördlich.

»Ihr geht hier nicht weg, bis Befehl kommt. Die Losung ist ›Schönes Karelien‹. Die Russen können nicht Karelien sagen. Sie sagen Karelja.« Er nahm die Männer von der ersten Kompanie mit, um die Kompanie für sie zu suchen. Solange der Bataillonskommandeur redete, starrte der Feldwebel die Kompanie mit unverhohlen böser Miene an. Er musterte sie auch noch finster, als der Kommandeur sich bereits entfernte. Dann brach auch er auf, um seinen Vorgesetzten einzuholen.

Die Kompanie blieb auf einer Rodung zurück, die mit Sträuchern und einzelnen Kiefern bewachsen war. Aber bald verzog sie sich sang- und klanglos weiter nach hinten. Irgendeiner fand, er liege viel weiter vorn als seine Nebenmänner, und suchte sich einen besseren Platz. Die Nebenmänner taten es ihm nach, und binnen einer Stunde war die Kette zwanzig, dreißig Meter nach hinten gerutscht, der Rückzug ging weiter. Schon steckten sie wieder im dichten Wald. Es nützte auch nichts, daß der Kompanieführer von einem Ende der Kette zum anderen lief und die Männer aufforderte, zur Rodung zurückzukehren. Als niemand vorging, gab er den Befehl zum Eingraben. Das zwingt so eine Kette, am Ort zu bleiben. Aber die Männer gruben nicht. Ohne weitere Worte begann der Leutnant, sein eigenes Schützenloch auszuheben. Als der Unteroffizier das sah, brach er zu einer Erkundung des Vorgeländes auf, er verschwand in den Sträuchern. Nach einer Weile kam er wieder, einen langen Halm zwischen den Zähnen. Er setzte sich auf einen Mooshügel. In diesem Augenblick krachte eine starke Detonation. Alles sprang auf, nur er blieb sitzen.

»Jungs, das war die Brücke«, sagte einer.

Der Kompanieführer zückte seine Taschenuhr und sah nach der Zeit.

Da hörten sie hinter sich schießen. Die Kompanie rannte los, rannte so schnell, daß einige hinfielen und das Schwanzende sofort durcheinandergeriet. Die Kette riß. Zwei Drittel, die mittelmäßigen und die schlechten Läufer, blieben beim Leutnant. Die Spitze zog der Unteroffizier mit sich fort. Der Mann, der am dichtesten hinter ihm war, versuchte, mit Gewalt an ihm vorbeizukommen. Er probierte es von der Seite, fiel aber immer wieder zwei, drei Meter zurück. Ein Maschinenpistolenschütze, der seine Waffe verloren hatte, zog an ihm vorbei und setzte zum Wettlauf mit dem Unteroffizier an. Dem, der als dritter lief, rutschte der Stiefel vom Fuß. Er schwenkte ihn so heftig, daß er in hohem Bogen davonflog.

Der Unteroffizier führte seine Männer an den Vuoksi, nur einen halben Kilometer von der Brücke entfernt, unterhalb der Stromschnelle, wo das Ufer eine breite Bucht bildet. Den Vuoksi dort für einen Fluß zu halten, wollte manchen nie gelingen. Links, flußaufwärts, war die Brükkenruine. Sie lag mitten im Fluß, und es sah aus, als wollte sie in immer rascherem Tempo zum Kamm der Stromschnelle hinaufsteigen. Auf dem höchsten Punkt des Brückenbogens am Südufer wehte eine rote Fahne.

»Ist das nun die russische oder ein Warnsignal?« fragte jemand.

»Die vom Russen«, sagte der Unteroffizier. »Wüßte nicht, wer hier wen warnen sollte.«

Der Unteroffizier verzog sich mit seinen Männern am Ufer entlang weiter nach Osten, weg von der Brücke. Ihnen entgegen kam der Leutnant mit dem Hauptteil der Kompanie. Sie suchten die Brücke.

»Die ist gesprengt, dort ist der Russe. Eine rote Fahne weht am Ufer«, berichtete der Unteroffizier.

Zwei Männer wateten ins Wasser und schwammen los, nützten das Durcheinander aus, sich davonzumachen. Alle drehten sich um und betrachteten sie wie ein Naturereignis, eine Eigentümlichkeit des Stromes.

»Mäkinen. Und wer ist der andere?«

»Es ist Mäkinen«, sagte einer.

»Wer ist der andere? Sind sie verrückt?« Da erst begriff der Leutnant, daß er sie anrufen konnte. »Jungs, kehrt um, ihr schafft es nicht, bis rüber zu schwimmen. Kommt sofort zurück!« schrie er.

Die Strömung begann die Männer zu bedrängen. Sie drehten erst flußabwärts, dann wandten sie sich flußaufwärts und strebten schließlich schräg zur Mitte. Der eine stieß sich plötzlich hoch, als wollte er sitzend weiterschwimmen. Er zerrte mit der Hand am Stiefel, schwankte und kippte um, man sah nur noch seinen runden Rücken. Er fing sich aber wieder und schwamm weiter. Seine Feldmütze nahm die Strömung mit. Der Voranschwimmende warf einen Blick zurück, der andere rief ihm etwas zu.

»Was hat er gesagt?« fragte einer von den Zuschauenden.

»Laß sie schwimmen, hat er gesagt.«

Die Strömung hatte die beiden Männer schon fünfzig Meter stromab getragen, obwohl sie unablässig dagegen anschwammen. Auf einmal schienen sie viel weiter vom Ufer weg zu sein, als hätte eine Querströmung sie versetzt. Und dann sah es plötzlich aus, als bewegten sie sich mit der Geschwindigkeit des Stromes gegen die Strömung. Der eine Kopf verschwand im Wasser. Während die Männer am Ufer nach ihm spähten und auf sein Wiederauftauchen warteten, verschwand auch der andere.

Die Zuschauenden versuchten, einander nicht anzusehen, als hätte jeder von ihnen gegen alle anderen gewettet, daß die Schwimmer rüberkommen würden. Man fühlte sich schwindlig und schwach; wenn man so etwas miterlebt, weiß man auf einmal ,daß alles, was über den Tod geredet wird, Lüge ist. Wenn ein Mensch stirbt, wird sein bisheriges Leben, seine Existenz, in einem Augenblick zur Lüge; nicht einmal in den Bildern der Erinnerung ist er von da an wie die anderen, sondern eben ein Toter.

»Das ging aber fix. Warum haben sie nicht mal geschrien?« fragte der Unteroffizier.

»Sie waren so erschöpft, daß sie nicht mal mehr schreien konnten«, antwortete der Kompanieführer. »Und wenn noch einer versucht, schwimmend hinüberzukommen, dann sage ich, der Kerl ist verrückt. Über den Vuoksi kommt man nicht schwimmend. Ich weiß das. Ich bin schon als Junge in diesem Fluß geschwommen.«

»Aber das waren keine kleinen Jungen«, erwiderte einer.

»Wir müssen versuchen, uns denen dort drüben bemerkbar zu machen«, sagte der Kompanieführer.

Die Männer zogen ihre Sommerjacken aus und begannen, in Hemdsärmeln zu winken.

Vom anderen Ufer löste sich ein Boot, es kam langsam näher. Vor dem Hintergrund des Waldes drüben sah es eigentlich eher aus, als bleibe es am Ufer und vergrößere sich dort nur zum Troste. Aus dem einen Boot wurden zwei, von denen eins über dem anderen schaukelte. In der Mitte des Stroms mußte eine Senke sein, das Wasser hinter den Booten wirkte wie ein schmaler Bergrücken oder eine riesige Welle, die ihnen nachfolgte. Das erste war ein Motorboot, sein Tuckern wurde hörbar, als es auf halbem Wege war. Anfangs schien das Geräusch von vielen Stellen zu kommen, die Männer schauten stromaufwärts und stromabwärts, ob nicht noch mehr Boote unterwegs wären. Das Tuckern irrte zwischen den Ufern hin und her. Vom Boot selbst war ein einfaches Tuck-tuck-tuck zu hören. Von unterhalb der Stromschnelle her kamen nur schrille Obertöne wie aus einem Lautsprecher. Vom breiten Unterlauf klang es umgekehrt, als ob die Boote wegführen, nicht herkämen.

»Das hört der Russe auch, glaub ich«, sagte einer. »Wir werdens noch verdammt eilig kriegen, Jungs.«

Die Männer wateten ins Wasser, den Booten entgegen. Solange ihre Stiefel dicht hielten, blieben sie im Flachen, doch als sie erst mal durch waren, wateten sie, so weit sie konnten, bis nur noch Kopf und Schultern herausschauten. Ihre Waffen hielten sie mit beiden Händen hoch.

»Ojala, nehmen Sie eine Gruppe und gehen Sie in den Wald, um zu sichern«, befahl der Kompanieführer dem Unteroffizier.

»Wird gemacht«, sagte der Unteroffizier. »Erkkilä und Sulo, raus aus der Rinne, sofort! Kommt, kommt schon. Na, Sulo, verdammich, und du, Erkkilä, ebenfalls.«

Die Männer hörten ihn rufen, sie machten auch Anstalten, herauszukommen, blieben aber immer wieder stehen und schauten zu den Booten hinüber. Erst im ganz flachen Wasser drehten sie sich endgültig um und kamen an Land, ohne noch einmal zurückzublicken.

»Ihr bleibt schon nicht hier«, sagte der Kompanieführer.

»Das Motorboot kommt euch holen. Ich gebe euch mein Ehrenwort.«

»Jungs, es ist besser für uns, daß wir hier im Wald sind, wir werden unsere Haut retten«, sagte der Unteroffizier zu den Männern, als sie hundert Meter weiter in Stellung gegangen waren. »Sie brauchen nur einen Jagdbomber anzufordern, der wirft diese Bötlein mit dem Luftdruck um. Den Leutnant mag der Teufel holen, den Überschlauen. Die Leute stecken bis zum Hals im Wasser, Hände hoch, aber der Herr erteilt Befehle: ›Äh, äh, gebe euch mein Wort ...‹ Dein Wort, was das schon ist! Schönes Karelien.«

»Kommt hierher. Dort könnt ihr nicht einsteigen. Ihr werdet das Boot umkippen!« rief der Leutnant am Ufer.

Das Motorboot hatte vor den Köpfen angehalten. Der Bootsführer befürchtete wohl einen Ansturm auf das Boot oder daß er auf die Köpfe auffahren könnte. Die Strömung drehte das Boot quer und trieb es abwärts. Der Fahrer warf den Motor wieder an und fuhr fünfzig Meter weiter unten an Land. Die im Wasser wateten hinterher, aber die am Ufer hatten das Boot schon gefüllt, es fuhr sofort ab. Die Männer im Wasser sagten, jetzt reiche es ihnen. Aber dann fiel ihnen das zweite Boot ein. Das kam gerade auf das Ufer zu, von zwei Riemenpaaren getrieben. Es war groß und schwarz, eins der hohen Boote der Ladogafischer. Es stoppte hundert Meter vor dem Ufer und drehte sich quer, um zu warten.

»Rudert hierher!« rief der Leutnant. »Hier sind unsere Leute. Das Ufer ist gesichert.«

Die Männer ruderten ans Ufer. Das Boot füllte sich und setzte sich auf Grund.

»Zu viele Leute«, sagte der Bootsmann.

»Rudert doch um Himmels willen. Warum rudert denn keiner?«

»Es sitzt auf«, sagte der Bootsmann. »Springt heraus und schiebt es frei.«

Die Männer hoben die Riemen aus den Dollen und begannen, das Boot ins Tiefe zu staken.

»Ojala, bleiben Sie dort!« rief der Leutnant. »Das Motorboot kommt euch abholen! Wir liegen hier fest.«

Als das Boot wieder schwamm, wurden die Riemen eingelegt, und alle wollten rudern.

»Macht doch Platz, damit man rudern kann«, bettelte einer. »Ihr könnt nicht alle ran.«

»Kippt das Boot nicht um. Wenn ihr schwimmen wollt, springt gleich raus.«

Zwei Mann hängten sich an jeden Riemen, einer zog, der andere drückte, und die hinter ihnen drückten und zogen mit, die Hände auf ihren Schultern.

»Reißt nicht so!« schrie einer der Bootsmänner.

»Sie sollen nicht schreien«, sagte der zweite Bootsmann.

»Fang du nicht an zu schreien«, sagte der zweite Bootsmann. Der Leutnant schwieg, es zuckte in seinen Augen. Der Mann saß oben auf dem Achtersteven und steuerte, die Ruderpinne zwischen den Knien. Sie reichte bis an den Rücken des Leutnants und stieß ihn ab und zu an, beschwichtigend wie ein guter Freund: Laß doch, ist ja gut. Links sah man wieder die Brückenruine. Von vorn kam das Motorboot. Der Bootsführer stand vorgebeugt, den Mützenschirm im Genick, und winkte herüber. Der Mann an der Ruderpinne winkte zurück. Das Motorboot wich dem Ruderboot in weitem Bogen aus, um es ja nicht anzufahren. Die große Welle, die es aushob, schlug klatschend an die Bordwand des Ruderboots. Sofort neigte es sich, und ein kalter Wasserschwall prasselte auf die Männer, wie eine Seitenbö, die einem die Luft vom Mund reißt, daß man danach schnappen muß.

»Wer hat angeordnet, daß das Motorboot wegfahren soll?« rief der Leutnant.

Das Motorboot drehte unter dem Ufer eine enge Kurve, dabei neigte es sich so stark, daß der Innenraum sichtbar wurde. Dann fuhr es stromabwärts. Seine Heckwellen kamen auf das Ruderboot zu. Es waren zwei, und sie schienen sich in Abständen zu kreuzen. Als sie nahe heran waren, hörte man das Wasser sich in ihnen strudelnd brechen. Das Boot war lang, die Welle rollte ein Stück unter ihm hin. Sie drückte den Bug in die Höhe, bis es durchsackte, als wären Tragböcke unter ihm zusammengebrochen. Das Heck senkte sich, und die zweite Welle schlug gegen den Bug. Das Boot schien stillzustehen. Die zweite Welle brach sich prasselnd an der Bordwand, einige glaubten, das Wasser sei schon im Boot.

»Rudert!« schrie der Mann am Steuer.

Die Ruderer links hinten rutschten mit ihren Rudern über die Wasserfläche und behinderten sich gegenseitig.

»Ihr braucht nicht aufzuhören, das Ufer ist noch weit!« rief der Steuermann.

Das schwarze Boot kam nur langsam wieder in Fahrt. Jenen, die nicht ruderten, blieb nicht mehr zu tun, als unablässig das Südufer anzustarren und es sich feindfrei zu wünschen. Und sie starrten es an, wie man bisweilen auf der Straße im Menschengewimmel jemanden durch langes Anstarren so weit zu bringen glaubt, daß er schließlich den Blick spürt und sich umwendet. Ihre Angst wuchs, je näher sie dem Ufer kamen, bis sie sich plötzlich auflöste, als sie die Steine am Ufer sahen, die reglosen Nadeln der Bäume und die Unbeweglichkeit des Landes. Da prasselte eine Maschinengewehrgarbe ins Wasser, einige Dutzend Meter hinter dem Boot, und sie hörten ein leises Bellen. Das Boot war nur noch zehn, fünfzehn Meter vom Ufer entfernt. Die Männer sprangen über den Bootsrand ins Wasser, in dem Glauben, daß es schon flach sei. Aber ihre Füße fanden keinen Grund. Sie erschraken fürchterlich und begannen, um ihr Leben zu kämpfen. Das Boot legte sich auf die Seite. Die Männer, die noch darin waren, hockten plötzlich alle auf dem Dollbord, das dicht über dem Wasser hing. Der andere Rand schwebte über ihnen, als wäre das Boot ein Deckel, der von allein zuklappen könnte. Das Boot wäre umgekippt, aber die Männer glitten vom Dollbord ins Wasser. Das Boot schlug zurück und drehte sich gemächlich in die Strömung.

Zwei Männer versuchten, einen Nichtschwimmer über Wasser zu halten.

»Ich ertrinke!« schrie er. »Herrgott, ich ertrinke!«

Sie bemühten sich, ihn vier, fünf Meter näher ans Ufer zu schieben, brachten ihn aber nicht von der Stelle. Er widersetzte sich nicht, er starrte nur zum Himmel, als säße er in einem Sessel, die Schultern über dem Wasser. Doch auf einmal glitt er hinab, gerade und steif, in einer Bogenlinie, den Männern aus den Händen wie ein glatter Stein. Die beiden schwammen zum Ufer und stiegen an Land, blaß und kraftlos.

»Du lieber Gott, was war das, daß er so abging. Ich habe ihn die ganze Zeit festgehalten.«

»Wer war das?«

»Ich kann mich nicht erinnern. Das wird sich hier gleich herausstellen.«

Der Leutnant schwamm auf dem Rücken, eine Hand hochgereckt und um die blanke Pistole geklammert. Er hatte die Waffe im Boot instinktiv herausgerissen, als die Maschinengewehrgarbe prasselte. Er schwamm so lange, bis er mit dem Rücken auf dem Grund lag. Dann richtete er sich auf und blieb im Wasser sitzen, den Blick über den Fluß gerichtet. Nach einer Weile drehte er sich um, stützte sich mit beiden Händen auf den Grund, auch mit der Hand, in der er die Pistole hielt, streckte die Beine und richtete sich auf.

»Wer hat das Motorboot fortgeschickt?« fragte er, scheinbar ganz ruhig.

»Das war der zweite Bootsmann«, meinte jemand.

»Ich habe jedenfalls kein Zeichen gegeben«, sagte der eine von den Bootsleuten.

»Also gut, ich habe das Zeichen gegeben«, sagte der andere. »Sind denn nicht alle hier?«

»Eine ganze Gruppe ist noch drüben.«

»Ja, davon habe ich aber nichts gewußt.«

»Das ist eine Lüge«, sagte der Leutnant. »Sie haben es sehr gut gewußt. Wir haben davon gesprochen.«

»Wir sind rübergerudert, um Sie zu holen. Sie haben es selbst erlebt, wie sie mit dem MG auf uns geschossen haben.«

»Halten Sie das für ein Verdienst?«

»Das nicht, aber ohne uns wären Sie jetzt noch dort. Wenn ich geahnt hätte, daß man dafür über mich herzieht, wäre ich nie gekommen. Da hätten Sie drüben bleiben und sich gegenseitg anfetzen können, bis Ihnen die Zunge raushängt ...«

Der Leutnant erschoß den Mann auf der Stelle. Dann starrte er ihn an, als blickte er in einen Abgrund. Im nächsten Augenblick packte er den Toten und zerrte ihn ins Wasser, als hätte der sich gewaltig widersetzt. Die Wellen spülten die Leiche ans Ufer zurück, sie war im Flachen geblieben, so daß die Strömung sie nicht mitreißen konnte. Sie hing mit dem Rücken am Grund fest, die Wellen deckten sie abwechselnd auf und zu.

»Bringt die Leiche hierher an Land«, befahl der Leutnant mit belegter Stimme. »Drei gute Männer sind draufgegangen, gute Männer. Der da gehört nicht dazu, nicht zu denen. Ihr habt alle gesehen, was war. Behaltets gut im Gedächtnis, für den Fall, daß danach gefragt wird. Erzählt dann alles. Ich hör mir Gemecker nicht an, ich greife durch. Ihr habt gesehen, daß das nicht bloß Gerede ist. Ich drohe nicht, ich greife durch. Herrgott, ich tue es, ich tue es noch einmal und immer wieder. Ich habe so viele gute Männer sterben sehen, daß das Umkippen eines Saukerls mich kaltläßt.«

Der zweite Bootsmann riß seine Bluse auf und griff nach seiner Erkennungsmarke. Er zerrte sie sich vom Hals und hielt sie in der Faust, beruhigte sich aber schließlich doch wieder.

In die Männer kam Bewegung, die nassen Sachen trieften, die Stiefel quatschten.

»Wo ist das Motorboot jetzt?« fragte der Leutnant den zweiten Bootsmann.

Der drehte sich um und ging davon.

»Wenn es wiederkommt, richten Sie dem Fahrer von mir aus, daß dort drüben eine Gruppe zurückgeblieben ist, die wir holen müssen, koste es, was es wolle. Melder, machen Sie sich auf den Weg, suchen Sie das Bataillon. Melden Sie, daß eine Gruppe drüben geblieben ist und daß sie noch nicht geholt werden konnte. Wenn wir ein Boot auftreiben, werden wir versuchen, sie in der Nacht zu holen. Und melden Sie weiter, daß der Kompanie das Notwendigste an Bewaffnung fehlt. Melden Sie, daß die Waffen nicht beim Feind geblieben, sondern im Wasser verlorengegangen sind. Das wird man verstehen. Beeilen Sie sich. Sehen Sie zu, daß Sie irgendwo Lebensmittel und Tabak auftreiben. Notfalls mit Gewalt.«

2 Das Ruderboot beunruhigte Ojala und seine Kameraden; sie fürchteten, die Russen würden seine Abfahrtsstelle suchen, nachdem sie das Boot auf dem Fluß gesehen hatten. Aber sie wagten sich nicht weg, sie warteten auf das Motorboot und schoben sich so weit an das Ufer heran, daß sie zwischen den Bäumen und Sträuchern hindurch das Wasser überblicken konnten. Das Ohr fing die Geräusche des Motorbootes auf. Daß das Tuckern leiser wurde und schließlich ganz aufhörte, fanden sie anfangs nicht schlimm. Als es danach einige Zeit ganz still blieb, drehten sie sich um und sahen die leere Wasserfläche. Sie blickten einander an, sahen einander.

»Wo ist das Boot hin?« fragte einer.

Sie verließen ihre Stellungen, gingen ans Ufer und sahen das Boot schon weit weg am anderen Ufer.

»Verdammt, dort fährt es.«

Einige konnten es nicht entdecken und fragten, wo. Da hörten sie in einer ganz anderen Richtung ein Maschinengewehr rattern. Sie fuhren herum, aber da war nur der Wald, einen halben Meter vor ihnen.

»Jetzt kommen magere Zeiten, Jungs«, sagte der Unteroffizier.

Sie sahen das Ruderboot nicht umkippen, sie glaubten, daß alle gut ans Ufer gekommen und an Land gesprungen seien.

»Ob die sich trauen, uns mit dem Ruderboot abzuholen?« fragte jemand.

»Auf Ehrenwort, hat der Alte gesagt«, erklärte der Unteroffizier.

Sie kletterten wieder den Hang hinauf, gingen zu ihren Stellungen und warteten weiter auf das Ruderboot.

»Vielleicht trauen sie sich nicht, weil da das Maschinengewehr ist«, sagte Erkkilä. »Vielleicht sollten wir woandershin gehen und uns von dort aus bemerkbar machen. Hier ist die Chaussee, hierher kommt der Russe bestimmt.«

»Ich glaube, da ist noch gar kein Russe«, meinte der Unteroffizier. »Wäre er da, dann käme er auch hierher, um nachzusehen. Die rote Fahne ist hängengeblieben, weil irgendein Hüpfer plötzlich Alarm geschlagen hat.«

»Und das Maschinengewehr, hast du das nicht gehört?«

»Das war ein finnisches.«

»Ein russisches. Und wenns ein finnisches war, auf irgendwas müssen sie doch geschossen haben.«

»Kurzer Feuerstoß, sie haben nur probiert, ob es funkt. Ich glaube, es würde sich lohnen, es an der Brücke zu versuchen.«

»Du kannst es ja tun.«

»Warten wir noch. Sie können immer noch kommen und uns holen. Das Motorboot kann kommen. Vielleicht ist es unten rübergefahren und versucht es jetzt an diesem Ufer entlang. Die können dort was wissen, was wir nicht wissen. Die meinen, wir sehen ja, wo das Motorboot hinfährt, und gehen dann auch in die Richtung. Wenn das ein MG vom Russen war, wagen die nicht, uns hier abzuholen.«

»Ich möchte nicht hier am Ufer entlangtraben. Ganz gleich, woher der Russe kommt, zuerst kommt er ans Ufer«, sagte der Unteroffizier. »Irgendwo muß er den Vuoksi schon erreicht haben. Hier ist er noch nicht. Das ist unser Glück. Hat wohl das Boot gesehen und gedacht, wir sind alle weg, deshalb ist er nicht erst hergekommen. Wenn wir durch die Gegend hopsen, kriegen sie uns doch noch spitz, und dann ists aus. Die passen so lange auf, bis sie uns kaputt haben. Jetzt wissen sie nicht, daß wir hier sind. Aber die Finnen wissen es, mindestens hundert Mann wissen es, und die werden versuchen, uns rüberzukriegen. Sie wissen, daß wir hier sind, aber sobald sie sich einbilden, wir wären nicht mehr da, holen sie uns hier auch nicht ab.«

»Weiter unten könnten die Chancen aber besser sein. Die Rinne ist bestimmt nicht überall so breit«, sagte Erkkilä.

»Doch, so ziemlich. Der Taipale ist schmal, aber bevor wir dorthin kommen, haben sie uns zehnmal umgelegt. Und dort sind sie zuallererst, denn sie wollen ja auch rüber. Genau wie im Winterkrieg, Taipale und Vuosalmi. Hier werden sie es kaum probieren.«

»Wir werden bis ans Ende unserer Tage hier hocken.«

»Immer noch klüger als losrennen und den Tod suchen. Es gibt immer welche, die es nirgends aushalten. Die hab ich kennengelernt. Ich will nicht sagen, daß du so einer bist.«

»Wenn ich deinen Augen zur Last falle, brauchst du bloß woandershin zu gucken.«

»Den Mund solltest du halten, meinen Ohren fällst du zur Last.«

Erkkilä biß sich auf die Lippen und schwieg.

Die Sonne ging hinter ihnen unter, das Wasser wurde dunkel, es war glatt wie ein Schleifstein. Das andere Ufer war wie ein Staudamm, der das Wasser am Abfließen hindert. Am Himmel schienen geschmolzene Metalle zu schwimmen – Eisen, Kupfer, darüber blauschwarze dreidimensionale Wolken, wie schaumige Schlackeklumpen.

Ojala führte seine Gruppe am Ufer entlang, näher zur

Brücke. Die rote Fahne hing zusammengefaltet wie ein Fächer. Sie krochen hintereinander, mit weitem Abstand, und horchten immer wieder mit geschlossenen Augen und offenem Mund. Die Stromschnelle rauschte, aber das Wasser schien stillzustehen. Die weißen Schaumkronen waren wie runde Marmorstufen.

Auf der Chaussee vor der Brücke stand ein Geländewagen. Er war zerstört, sie erkannten es am Geruch von verbranntem Gummi. Der Rahmen der Windschutzscheibe hob sich gegen den Himmel ab.

Sie sammelten sich an einem geschützten Abhang.

»Hier müssen Russen sein«, sagte einer. »Zum Verrücktwerden.«

»Ich gehe vor, ihr könnt nachkommen«, sagte der Unteroffizier. »Ich kann keinen zwingen, ich will es auch nicht, aber was anderes weiß ich nicht.«

»Wir sollten es mit Lichtsignalen versuchen, noch können sie uns holen kommen.«

»Sind sie gekommen?«

»Aber hier sind Russen.«

»Wir haben nicht einen einzigen gesehen. Wenn sie hier wären, dann gäbs hier Krieg, verstehst du? Sie würden über die Stromschnelle schießen und Krieg machen, daß es raucht. Wenn ihr euch am Wasser haltet, nicht auf die Bögen klettert, sondern immer schön unten bleibt, seid ihr überhaupt nicht zu sehen. Ich probiere es als erster, paßt auf, wie es geht. Im Winterkrieg sind noch tagelang welche hier rübergekommen, und jetzt wird es nicht anders sein. Aber mit der Waffe könnt ihr da nichts anfangen, damit bleibt ihr nur an den Streben hängen. Weg damit, in den Bach! Glaubt es mir ruhig, ich mach keinen Spaß. Ihr kommt hier rüber, aber ihr dürft dann auch an nichts anderes denken. Watet durch die Stromschnelle, dort ist es flach, aber haltet euch immer irgendwo fest, denkt daran.«

Der Unteroffizier glitt davon, bevor die anderen noch eine Silbe dafür oder dagegen herausbrachten. Sie konnten ihn sehen, solange er ging, in jeder Sekunde, auch in der Stromschnelle. Einmal hob er sich vom weißen Schaum ab, dann wieder bewegte er sich vor dunkleren Stellen; die Brückenruine mit ihren Rechtecken bildete eine Art Meßgitter, an dem man erkennen konnte, wie er sich entfernte. Ein paarmal kam er bis zum Koppel aus dem Wasser und hielt sich dabei mit ausgestreckten Armen an den Verstrebungen fest.

Die Stromschnelle war ein unablässiges Rauschen. Sobald er bis zur Hälfte hochkam, konnte er sie als Fläche überblicken, aber sooft er sich in die Strömung duckte, sah sie wie ein steiniger, steiler Berg aus, dessen Gipfel über ihm einzustürzen drohte. Das Wasser drückte gegen den Bauch, mehr gegen die Hüfte und die Taille als gegen die Beine. Es wollte ihn fortwährend zum Hinsetzen zwingen, er dachte schon selbst daran, sich wenigstens einen Augenblick hinzusetzen. Stand er mit dem Rücken zur Strömung, dann konnte das Wasser den Leib nicht einknicken, aber die Beine wollten mit Gewalt hoch. Der Unteroffizier wandte sich wieder voll der Strömung zu, doch da schien sich der ganze Wasserfall auf ihn zu stürzen.

In der Mitte war die Brücke auseinandergebrochen, die Streben zeigten in alle Richtungen, die Bretter hatten sich gelöst, und die Strömung drückte sie hoch, so daß sie aussahen wie der Rand einer geborstenen Tonne. Der Unteroffizier kroch an einem heil gebliebenen Träger des Brükkenaufbaus entlang, einem Bügel aus zwei Teilen, in der

Mitte zusammengehalten von einer Lasche mit zwei Reihen Nieten. Er klammerte sich mit beiden Händen daran und zog sich vorwärts, versuchte, die Stiefelabsätze dagegenzustemmen und die runden Köpfe der Nieten als Halt auszunützen, die Knie ins Leere weggespreizt und den Rand des Trägers etwa in der Mitte der Schienbeine. Jedesmal, wenn der Absatz von einem Nietkopf abrutschte, glaubte er abzustürzen.

Vom anderen Ufer her ratterte eine Maschinenpistole. Er hörte die Kugeln nicht pfeifen, spürte aber, daß auf ihn geschossen wurde. Brückenruine und Maschinenpistole gehörten derselben Stahlatmosphäre an, in die er geraten war. Wieder wurde geschossen. Kugeln schlugen an die Streben. Er glitt vom Träger und hing nun mit den Armen daran. Als nochmals geschossen wurde, ließ er sich fallen und landete auf dem Brückenbelag, der sich einen halben Meter unter dem Wasser hinzog und glatt war wie der Boden eines Waschbottichs. Er rutschte bis ans Geländer. Dort erst begriff er, was passiert war.

Am Geländer entlang konnte er bis fast ans Ufer kommen, wenn er sich daran weiterhangelte, hinwand. Vom Ufer war die Brücke heruntergefallen, sie endete vor einer Mauer aus Quadersteinen, die so hoch war wie ein zweistöckiges Haus.

Als Junge war er viel an solchen Streben und Pfeilern herumgeklettert, damals wohnten sie ganz in der Nähe einer Brücke. Für die Dorfjugend war die Brücke eine Art Turngerät. An den Samstag- und Sonntagabenden kletterten die Jungen bis zum Dunkelwerden in den Bögen herum, und die Mädchen spazierten über den Brückenbelag oder saßen auf dem Geländer. Wenn die Jungen sie überraschend packten und gerade nur so weit drängten, daß sie ganz der Kraft ihrer Arme ausgeliefert waren, dann waren die Mädchen herrlich, weil sie merkten, daß sie nichts machen konnten. Dann schnappten sie nach Luft und kriegten tatsächlich Angst, obwohl sie wußten, daß noch nie eine hinabgestoßen worden war. Wenn dann alles aufbrach, fand sich immer einer, der noch im Dunklen auf den Brückenstreben hockenblieb und nicht wollte, daß schon nach Hause gegangen wurde. Der schrie den anderen dann noch lange Zeit Frechheiten nach: »He, Ojalas Lauri, du wohnst ja gar nicht da! Wieso willst du dort lang? Du sollst Kujalas Liisa nicht anfassen. Lauri, drück Liisa die Fingerchen nicht blau. Was hältst du ihr Händchen, verläuft sie sich sonst? Wenn heim die kleine Liisa geht, der Rotkopf Lauri bei ihr steht.«

Lauri kletterte seitlich am Pfeiler hoch, er nützte die Fugen zwischen den Steinen aus. Oben auf der Straße ging er aufrecht weiter und sprang über einen Graben. Dort an der Straße war niemand, denn von dort aus konnte man weder die Stromschnelle noch die Brückenruine überwachen. Ein Stück weiter drüben hörte er Stimmen, er ging darauf zu. Dort war ein alter Laufgraben aus der Zeit des Winterkriegs. Auf der Grabensohle wuchs langes Gras, es schlang sich um die Stiefel und haftete so fest daran, daß man stolpern konnte. Es zerrte sich mitsamt den Wurzeln aus der Erde und blieb an den Schäften hängen wie eine Wickelgamasche. Ein Rekrut stand allein im Graben. Obwohl er nicht zu sehen war und auch kein Wort gesprochen hatte, spürte der Unteroffizier das irgendwie.

»Hat da einer versucht, herüberzukommen?«

»Eben hats einer versucht. Ich hab ihn abgeschossen.«

»Hast du schon mal einen abgeschossen?«

»Nein, das war der erste Russe.«

»Woher weißt du, daß es ein Russe war?«

»Jawohl.«

»Woher weißt du das? Gib mal die Maschinenpistole her. Hast du damit geschossen?«

»Damit.«

»Das war ich, den du abgeschossen haben willst. Hör zu: Dort drüben sind noch fünf Mann. Finnen. Und die wollen hier rüber. Ich werde dein Schießgewehr behalten, damit du nicht auf die Idee kommst, noch mehr solche Russen abzuschießen.«

»Ich konnts nicht ahnen.«

»Glaubst du vielleicht, der Russe steigt in die Stromschnelle, um an dieser Brückenruine rüberzukommen? Der ist doch nicht verrückt. Sind noch andere hier?«

»Da drüben sind die mit dem MG.«

»Grüß sie schön und sag ihnen, sie sollen nicht schießen, wenn sie wen über die Brücke kommen sehen. Das sind eigene. Weißt du, wo das dritte Bataillon liegt? Es ist gestern hier angekommen.«

»Die sind weg. Die haben sie mit Autos nach Vuosalmi gebracht, weil der Russe dort rübergekommen ist. Oder wohl noch nicht, aber sie fürchten, daß er es versucht.«

»Wann?«

»Das weiß ich nicht.«

»Wann sie abgefahren sind, hab ich gefragt.«

»Gestern, gegen vier.«

»Haben sie nicht gesagt, daß sie noch Männer auf der anderen Seite zurücklassen mußten?«

»Ich habe nichts davon gehört.«

»Mit dir zu reden lohnt sich wirklich nicht. Du bringst die Russen sonstwo um. Ein toller Bursche, weiß der

Henker. Haben sie dir nie beigebracht, daß du den Russen erst treffen mußt, wenn du ihn abschießen willst? Mann, vergiß lieber ganz, daß du auf den Russen schießen mußt wie ein Wilder. Der kommt nämlich nicht zu dir, sich abschießen zu lassen. Merk dir: Schieß nie mehr auf einen, der dir vorher nicht Namen und Adresse genannt hat. Und merk dir auch: Abschießen wird dich der Russe, den du nie zu sehen kriegst. Ich weiß, ich könnte dich mit Worten umbringen, wenn ich weiterreden würde, aber ich mag nicht.«

Es war ganz still. Die Schwellen der Antworten wurden eine nach der anderen überschritten, und der andere sagte nichts.

»Du heulst doch nicht etwa?«

Da hörte er ihn schluchzen.

»Verdammich, das hättest du dir verkneifen können. Wie willst du hier was aushalten, wenn du nicht mal gewöhnliche Wörter aushältst?«

Lauri stieg aus dem Graben. Er folgte einem schmalen Pfad, der ihn auf einen Waldweg führte. Dort kamen ihm drei Männer entgegen, leere Tragbahren unter dem Arm. Sie hielten an und traten zur Seite. Er ging an ihnen vorbei, hielt aber dann ebenfalls an.

»Dort an der Brücke steht ein Junge, der hätte es nötig, daß ihm mal jemand übers Haar streicht, ein paar milde Worte zu ihm sagt. Und jetzt gebt mir endlich was zu rauchen.«

Als ihm der Nächststehende seine Tabakdose hinhielt, nahm er sie, schloß sie, steckte sie in die Tasche und ging weiter.

»Himmel Herrgott«, hörte er den Mann sagen.

»Schönen Dank für den Tabak«, sagte Lauri und

schaute zurück. Die Männer standen noch immer am selben Fleck.

Einen halben Kilometer weiter lag ein Zeltdorf. Die Zelte waren so weit in die Erde eingegraben, daß die Schlafenden Splitterschutz hatten. Die Männer darin waren noch wach, er hörte sie reden. Das Gemurmel aus dem ersten Zelt ging, während er sich weiterbewegte, in das aus dem zweiten über, dann in das aus dem dritten, vierten. Auf dem Weg stand ein Posten.

»Wißt ihr, wo hier das dritte Bataillon liegt? Es ist gestern über den Vuoksi gekommen.«

»Nein, das weiß ich nicht«, sagte der Posten. »Das dritte Bataillon?«

»Ja.«

»Das von Suvisalo?«

»Genau das.«

»Die sind nicht mehr hier. Die sind gestern nach Vuosalmi gekommen.«

»Bestimmt? Es wird doch nie gesagt, wo eine Truppe hinkommt. Sie selbst kriegts auch nicht zu hören.«

»Weiß ich, aber ich habs gehört.«

»Zu welchem Regiment gehört ihr?«

»Das hier ist ein Bataillon für sich.«

»Hier wird der Russe nicht rüberwollen.«

»Woher willst du das wissen?«

»Erfahrung. Im Winterkrieg hat er es hier auch nicht versucht. Der kommt dort rüber, wo er damals rüber ist. Er hat ein Gedächtnis wie ein Pferd.«

»Willst du zur Sanitätsstelle?«

»Wieso?«

»Weil du so zitterst.«

»Gibts hier eine?«

»Hundert Meter weiter, immer den Weg lang.«

»Ich glaube, ich hol mir ein paar Tabletten. Ob sie welche haben?«

»Das ist das einzige, was sie haben, Tabletten.«

Bald roch es stark nach Medikamenten. Der Geruch kam von zwei Zelten herüber, die rechts vom Weg dicht beieinander standen. In dem einen war so starkes Licht, daß die Wände wie Tüll wirkten. Ein Major ohne Mütze und mit offenem Kragen ging den Weg entlang. Er hatte schwarzes, gekräuseltes Haar, wie man es bei Juden zuweilen sieht. Auf dem Hinterkopf war ein runder, nackter Fleck von der Größe einer Handfläche. Das Haar stand nach beiden Seiten ab, als wäre der Mann in starkem Gegenwind gewesen oder wäre es noch. Ein Kragenspiegel fehlte, der andere hing nur noch am Majorstern. Er kaute mit vollen Backen, in der Hand hielt er ein Stück Knäckebrot. Er kam auf den Unteroffizier zu. Lauri Ojala blieb stehen und machte seine Ehrenbezeigung, aber der Major schaute nicht hin. Kurz darauf kehrte er um und ging an Lauri vorbei, doch bevor er am Zelt war, kam er ihm wieder entgegen. Als er abermals zurückkam, trat er an den Eingang des zweiten Zelts, nahm aus einem hohen Karton eine Scheibe Knäckebrot und ging wieder seines Weges. Lauri trat ebenfalls an das Zelt und nahm sich Brot. Er mußte den Arm bis an die Schulter in den Karton stekken. Lauri zerbrach die Scheibe und stopfte die Stücke in die Tasche. Ein Sanitäter kam aus dem erleuchteten Zelt gestolpert. Ein Seil streifte ihm die Mütze vom Kopf. Er bückte sich, sie aufzuheben, und stülpte sich einen leeren Brotbeutel über den Kopf.

»Gib mir den Brotbeutel«, sagte Lauri.

Der Mann hielt ihm das Ding hin.

Der Major ging wieder vorüber.

»Sauerei, verdammte, der tut gar nichts. Seit gestern mittag geht er nun hier auf und ab und hat dabei den ganzen Karton Knäckebrot leergefressen, ungelogen.«

»Hat er einen Tick?«

»Eigentlich nicht, aber was weiß ich. Er ist hier Bataillonsarzt, verdammich. Vorgestern ist er mir schon komisch aufgefallen. Als die Granate auf die Chaussee flog, hat er sich unters Auto geschmissen und sich dabei das Kinn aufgeschlagen. ›Ich bin verwundet‹, fing er an zu zetern. ›Aber du bist doch gar nicht verwundet‹, hab ich zu ihm gesagt, ›das Kinn hast du dir irgendwo gestoßen‹, aber er hats nicht glauben wollen. ›Ich bin verwundet‹, lamentierte er, ›ich hab eine Kopfverletzung‹. Er wolltes einfach nicht glauben, daß er nichts abgekriegt hatte. Wetten, er glaubt es jetzt noch nicht. Auf dem Weg dort rennt er seit gestern mittag rum, ungelogen, und er hat den ganzen Karton Knäckebrot dabei leergegessen, ungelogen.«

Der Major kam wieder, um sich eine neue Scheibe zu holen. Unwillkürlich hob Lauri den Karton an einer Seite an und neigte ihn zu ihm hin.

»Kannst du ihm nicht was geben, daß er zu traben aufhört?« fragte er.

»Er wird ja mal müde werden. Seine dreißig Kilometer hat er hinter sich, aber das langt ihm nicht, es müssen wohl hundert werden. Mist verdammter. Wenn nun was passiert, soll ich dann den Arzt spielen, oder soll ich auch auf dem Weg hin und her tigern?«

»Bloß ein Glück, daß ihr keine Patienten habt, oder?« meinte Lauri. »Dann wäre es schlimmer. Denen würde das nicht sehr gefallen.«

»An Patienten mangelt es nie. Wenn sie der Russe nicht anschießt, machen sie es selbst, gottverdammich.«

»Hä?«

»Aber ja, wirklich. Wir hatten heute den üblichen Betrieb. Handverwundungen, alle die linke Hand. Man müßte denen sagen, sie sollen sich lieber gleich ganz totschießen, verdammich. Immer schießen die Bolschewiken sie in die linke Hand, diese Hunde. Die Russengewehre müssen einen Linksdrall haben. Alle kommen sie an und tragen die linke Hand vor sich her wie einen Waschlappen. ›Mich hats erwischt‹, sagen sie. ›Der Tiefflieger hat mich angeschossen‹. – ›Tolle Schießleistung‹, sage ich, ›treffen euch Kerle immer ins linke Handgelenk, erstklassige Schützen!‹ – ›Was meinen Sie damit?‹ fragen sie. Das haben sie begriffen, daß sie sich nicht ins Bein schießen dürfen, seit mal einer aus der Scheune kam, Latten mit Draht ums Bein gewickelt, und schrie: ›Ich sterbe!‹ Fünf Schritte hat er noch gemacht, dann starb er. Wenn du ihn sehen willst, dort hinterm Zelt liegt er. Sie bringen die Kerle an und machen einen Wind, daß die Bretter klappern. ›Rettet doch den Kumpel bloß‹. Aber der war so blöd, sich ins Bein zu schießen, das voller Schlagadern ist, der Verrückte. ›Habt ihr wenigstens versucht, es zu schienen?‹ frage ich. ›Aber ja doch, ja doch, wir haben getan, was wir konnten.‹ Nein, ich fange auch noch an, auf dem Weg hin und her zu traben.«

»Aber vorher gib mir noch ein paar Tabletten. Ich hab in der Stromschnelle gebadet und ich möchte keine Lungenentzündung kriegen.«

Der Mann zog ein Röhrchen aus der Blusentasche, schüttete sich Tabletten in die Hand und gab sie ihm.

»Was ist das?«

»Nur Chinin.«

»So. Und was Besseres hast du nicht?«

»Die sind gut. Die steck dir ruhig ins Gesicht.«

»Kannst du dem Arzt nicht was geben, daß er anhält? Wenn ders noch lange so treibt, kriegst du ihn nicht mehr zum Stehen«, sagte Lauri. Er nahm den Knäckebrotkarton, kippte die Brocken aus und las sie in den Brotbeutel.

Als der Major wieder zum Karton kam, sagte Lauri: »Der ist leer.«

Der Major wollte es nicht glauben, er tastete den Boden ab.

Da kam er nicht mehr vom Fleck. Er trat von einem Fuß auf den anderen, dann fing er an, seine Taschen zu durchwühlen. Er fand nur einen Zettel, den reichte er dem Sanitäter und fragte: »Was steht drauf?«

Der Sanitäter ging ins Zelt, um nachzuschauen.

»Eine alte Medikamentenanforderung«, sagte er.

»Ach, du lieber Gott. Was für einen Tag haben wir heute?« fragte der Major.

»Donnerstag«, sagte Lauri.

»Erst. Na schön. Ich sage nichts. Sie können dann herkommen, die Leute kontrollieren und ihnen wegnehmen, was sie an eigenen Giften haben. Ich kann sie doch nicht selbst kontrollieren?«

»Nein, das können Sie nicht«, pflichtete ihm Lauri bei.

»Himmel, was bin ich müde.«

»Gehen Sie doch schlafen, Herr Major«, sagte der Sanitäter.

»Hier? Reden Sie keinen Unsinn.«

»Ich werde Sie schon wecken, wenn etwas passiert.«

»Darum gehts nicht. Ich wache von selbst auf. Welchen Tag haben wir heute?«

»Donnerstag«, sagte Lauri. »Nein Freitag.«

»Ich möchte wissen, welcher Tag heute ist, Schätzwerte brauch ich nicht.«

»Freitag, Herr Major.«

»Wenn ich Sie noch mal frage, ist es bestimmt Sonnabend.«

»Es ist wirklich Freitag«, sagte der Sanitäter.

»Schon gut, schon gut. Ich glaubs Ihnen. Sorgen Sie dafür, daß hier keine Gesunden hereinkommen. Was machen Sie hier?«

»Ich war in der Stromschnelle, im Wasser, und habe um Tabletten gebeten.«

»Haben Sie dem Mann Fieber gemessen? Vorher kriegt er nichts.«

»Noch nicht, Herr Major.«

»Sofort Fieber messen! Wenn er keins hat, wird er rausgeschmissen. Na, messen Sie schon. Wir brauchen hier keine, die nur rumstehen und solchen Scheiß reden.«

Lauri zuckte die Achseln und ging los. Er folgte dem Weg, der Medikamentengeruch blieb ihm in der Nase. Wahrscheinlich hing er schon in seinen Kleidern.

3

Auf der Chaussee wurden Truppen mit Lastwagen nach Westen gebracht. Der Unteroffizier stand hinter Bäumen und Sträuchern und sagte leise: »Sdrawstwui, finski Soldat, karascho.«

Es kam ihm vor, als führen die Wagen quer durch den grünen Wald, weil er die Straße selbst nicht sah. Die Männer auf den LKWs glitten über den Sträuchern dahin, sie standen und saßen steif und bewegungslos und huschten in zügigem Tempo vorbei. Man konnte schon sagen, sie wurden gebracht. Der Fahrtwind blies ihnen das Schläfenhaar auf, ihre Uniformen blähten sich. Inmitten der Pflanzenwelt und vor dem blauen Himmel wirkten sie wie grobgerasterte Zeitungsbilder – bis an die Konturen der Menschen beschnitten und etwas unsauber, wie gewöhnlich; auch hier schien vielen der Mützenschirm zu fehlen; sie hatten ihn nach hinten gedreht, damit ihnen der Fahrtwind die Mütze nicht wegblies. Man hatte das Gefühl, daß die Welt auch dort so war, woher das ständige Donnern kam und wohin sie sich bewegten: grau und voll von Punkten, die sich stoßweise verdichteten, bis es stockfinster wurde, dort, wo sie sich konzentrierten.

Der Sand der Chaussee regnete auf Sträucher und Gräser herab, auf die großen Blätter, sie raschelten wie Papier. Eine lange Staubwolke hing in der Luft, sie schien sich überhaupt nicht senken zu wollen.

Als die Autogeräusche verstummten, begannen an sonnigen Stellen die Grillen zu zirpen, manchmal heulten sie richtig auf. Das Komische daran war, daß man jedes Zirpen an einer bestimmten Stelle plötzlich nicht mehr hörte. Dafür hörte man eine andere Grille, und auch die nur in ihrem Bereich; abermals zwei, drei Schritte, und sie verstummte. Die feindlichen Jagdbomber kamen in Ketten, mindestens ein halbes Dutzend. Man hatte den Eindruck, daß sie die ganze Zeit senkrecht in die Höhe stiegen. Das Artilleriefeuer kam vom Boden und breitete sich auf dem Boden aus. Es verdrängte den Schall von der Erde, von den Bergen, von den Bäumen, den Seen, dem Fluß, den Geräten, den Gebäuden, den Menschen. Am Himmel stand eine dicke weiße Wolke, der Donner schien sie am Abziehen zu hindern.

Dem Unteroffizier fiel es schwer, sich von einer Stelle zur anderen zu bewegen. Immer wieder machte er irgendwo halt, auf einer kleinen Lichtung, wo der Boden voller Hasenklee war und der Schatten beständig. Er legte sich auf den Rücken, um zu schlafen, schloß die Augen, schob die Arme zurecht und kam zur Ruhe, daß er seinen Körper zu spüren begann. Erst die Beine, sie waren müde und taten ein bißchen weh, sie fühlte er gut. Die Arme spürte er, aber nicht die Hände, das Kinn spürte er und die Geschlechtsteile, als hätte eine Feder darüber gestrichen. Die Erde hielt ihn mit solcher Kraft, daß er in die Bewußtlosigkeit hinübertrieb wie ein Birkenzweig, den der Wind wegzutragen versucht. An der Grenze zum Schlaf wurde das Donnern angenehm, es kam am längsten mit, es kam irgendwoher aus ihm, von schräg unten, als schepperte vor der Sauna jemand mit den Milchkannen.

Als er wach wurde, war es Abend. Er glaubte das Donnern nicht mehr zu hören, er schnellte hoch, saß und lauschte und dachte, er sei taub geworden, bis er merkte, daß es die ganze Zeit da war. Er erhob sich und brach so hastig auf, daß er nach ein paar Schritten meinte, er müsse etwas liegengelassen haben. Unwillkürlich tastete er seine Sachen und seine Waffe ab.

Die Bartstoppeln auf der Oberlippe und am Kinn glänzten wie Silberfäden in der Abendsonne, sie blieben im Blickfeld wie die Nase, die fortwährend durchsichtig vor dem Gesicht schimmerte. Das tut sie immer, man achtet nur meistens nicht darauf. Er suchte nach einem Spiegel, um sich zu betrachten, doch dann fiel ihm ein, daß er gar keinen besaß. Er hatte ihn bei der Rückfahrt vom letzten Urlaub einem Kumpel zum Aufessen gegeben, weil er gezweifelt hatte, als der vom Glasfressen zu reden anfing. Sie hatten gewettet, nicht um Geld, um gar nichts. Der andere nahm ihm den Spiegel ab und zertrümmerte ihn mit dem Absatzeisen auf dem Fußboden. Als der Mann das erste Stückchen verschluckte, gab er sich fix geschlagen. »Das reicht, ich glaubs dir schon.« Aber der Kumpel war so in Fahrt, daß er nicht aufhörte, bis er den Spiegel verdrückt hatte. »Das ist noch gar nichts. Glühbirnen, das wäre schon eher was«, sagte der Mann. Er war Glasfresser von Beruf, hatte in Schweden in irgendeinem Zirkuszelt gearbeitet. Wo mag der jetzt sein, dachte der Unteroffizier. Solche Kumpel trifft man nie wieder, immer nur welche, die einem egal sind. »Warum haben sie dich nicht auf Fronttournee geschickt?« hatte er ihn gefragt. Der Kumpel erzählte, er habe sich damals gemeldet, als nach Berufskünstlern gefragt wurde, aber der Propagandaoffizier vom Bataillon, irgendein Pastor, habe gesagt, das sei gar nichts, keine Unterhaltung und nichts, sondern grober Unfug, der Affe. »Macht so was nicht mehr Spaß als albernes Klaviergeklimper? Oder etwa nicht? Da ist doch was dran!« plusterte er sich auf.

4 In der Nähe des Saimaa-Kanals trat der Unteroffizier hinaus auf die Chaussee. Er folgte einem Flüchtlingsfuhrwerk, das einsam dahinzog. Auf dem Kutschbrett saß eine alte Frau mit Kopftuch, sie hielt die Zügel steif, die Ellbogen weggespreizt. Neben der Alten quengelte ein etwa vierjähriges Mädchen.

»Wenn du nicht still bist, holt dich der Russe. Der holt alle Kinder, die heulen.«

»Ich will nach Hause.«

»Du hast kein Zuhause, Kind, glaub es mir. Dein Zuhause ist das hier, diese Kutsche.«

»Stimmt ja gar nicht. Hier ist ja kein Herd.«

»Sei still. Der Wachtmeister hört dich.«

Eine Fünfzehnjährige trieb die Kühe hinter dem Wagen her. Sie hatte dickes aschblondes Haar, das in den unteren Strähnen dunkler schimmerte. Ein paar flechtige trockene Fichtenzweige hingen daran. Wenn sie lief, wippte ihr Rock, so daß die Kniekehlen als große viereckige Flächen zu sehen waren. Sie hatte schon ein bißchen Brust, aber noch keine Schwünge am Körper, die Taille war noch kantig und steif.

Der Unteroffizier brach am Straßenrand einen Weidenzweig ab und scheuchte die Kühe, um dem Mädchen zu helfen. Den Kühen fiel der rasche Gang schwer, ihre Klauen knackten und schnurrten. Die Klauen waren lang und sichelförmig, übereinandergeschlagen und hochgeklappt.

»Der Onkel hilft mir die Kühe treiben«, rief das Mädchen der Alten zu.

Die drehte sich um und runzelte die Stirn.

»Ist das deine Großmutter?« fragte der Unteroffizier.

»Ja.«

»Wo ist deine Mutter?«

»Sie kommt mit dem anderen Pferd und Toivo nach. Der Russe hat die Fähre bombardiert. Sie sagte, wir sollen vorfahren. Die Kühe haben wir mitgenommen. Aber dann kam der Russe und hat Bomben geworfen, und da konnte sie nicht mehr rüber. Wir wollen uns spätestens in Joutseno treffen. Dorthin fahren wir jetzt.«

»Wo wart ihr, als sie Bomben warfen?«

»Wir? Wir waren schon rüber. Wir mußten uns schrecklich beeilen, weil die Soldaten schrien, wir sollen in den

Wald fahren. Kaarina hat gebrüllt, weil sie zur Mutter wollte, aber jetzt muß sie doch bei uns bleiben.«

»Fehlt ihr was, wenn sie bei euch ist?«

»Sie will unbedingt zur Mutter, sie ist Mutters Liebling. Aber jetzt ist sie mein Liebling.«

Die Kleine fing an zu schreien und zu strampeln.

»Das bin ich niemals. Ich bin Muttis Beste. Ich geh zur Mutti, und ihr könnt zum Teufel gehn. Ich will zur Mutti.«

»Du kannst zu dem Wachtmeister da gehen, wirst seine Beste«, sagte die Großmutter. »Der wird dich bloß nicht haben wollen, ungezogen wie du bist. Solche wie dich können die Soldaten auch nicht leiden. Dann kannst du mit in den Krieg ziehen und kämpfen.«

Die Kleine holte ihre Puppe unter dem Sitz hervor und begann zu spielen, als ginge sie das alles nichts mehr an.

»Wie alt bist du?« fragte der Unteroffizier die Größere.

»Fünfzehn. Und du?«

»Ach, ich bin schon alt.«

»Bist du dreißig?«

»Nein.«

»Bist du noch älter? Unser Vater ist fünfunddreißig.«

»Und wo ist er?«

»Im Krieg natürlich. Aber ich weiß nicht, wo. Er wird sichs denken können, daß wir in Joutseno sind.«

»Hast du Angst gehabt, als sie Bomben warfen?«

»Ich hab die ganze Zeit geweint und geschrien. Aber Kaarina wollte dauernd zum Vuoksi und ans andere Ufer, zur Mutter, und da mußte ich sie auf den Arm nehmen. Dort war ein Soldat, der wollte wissen, ob das mein Kind ist. Er dachte wirklich, sie ist meins. Darum ist sie böse mit mir. Aber wie kann sie mein Kind sein, ich krieg ja noch keine.«

»Am besten, du hörst gar nicht hin, wenn die Männer dummes Zeug reden.«

Als sie zur Kanalbrücke kamen, fragte die Kleine: »Sind wir jetzt in Joutseno?«

Der Wald wimmelte von Soldaten. Der Unteroffizier lief hinter den Kühen her und schwenkte die Rute, mit der anderen Hand hielt er den Riemen der Maschinenpistole.

»Wie heißt du?« fragte einer das kleine Mädchen.

»Sind wir schon in Joutseno?« fragte es den Soldaten.

»Könnt ihr mir Milch verkaufen? Eine leere Flasche hab ich«, fragte ein zweiter die Große.

»Ich weiß nicht, frag die Großmutter.«

»Bist du schon konfirmiert?«

»Ach.«

»Verkauft ihr Milch?« fragte der Soldat die Großmutter, hielt sich am Wagen fest und lief ein Stück mit.

»Dafür habe ich keine Zeit, ich muß fahren, das siehst du doch.«

»Ich hab Augen im Kopf, Himmel, Herrgott verdammt.«

»Laß das Fluchen, auch wenn du Augen im Kopf hast. Deshalb brauchst du nicht zu fluchen. Du kannst noch drum kommen, um dein Augenlicht.«

»Sind wir denn jetzt in Joutseno?« fragte die Kleine.

»Du bist auch still«, sagte die Großmutter.

Der Milchkunde feuerte seine Flasche gegen das Wagenrad und wandte sich ab.

»He, du Flößknecht, so brauchst du dich vor Frauen und Kindern nicht aufzuspielen, verdammich«, sagte der Unteroffizier.

Der Mann fuhr herum.

»Ich hab nur gefragt, ob sie Milch verkauft.«

»Ein bißchen menschenähnlicher hättest du es tun können.«

»Spar dir deine Ratschläge. Was mischst du dich ein. Ich hab die Alte gefragt, ob sie Milch verkauft. Dich hab ich um gar nichts gebeten.«

»Bloß um eins aufs Maul.«

Der Unteroffizier warf die Rute weg. Das Fuhrwerk rollte weiter und entfernte sich auf der schnurgeraden Chaussee. Am Straßenrand stand ein ausgebrannter Lastwagen im Wald dahinter lagerte eine größere Gruppe Soldaten. In der Nähe war niemand.

»Du Strolch, noch kannst du dich verflüchtigen, zwei Sekunden gebe ich dir.«

»Hoho«, machte der Soldat und verzog sich in den Wald.

Der Unteroffizier drehte sich um und schlug die entgegengesetzte Richtung ein. Er sah die Fuhre weit vorn auf der Chaussee, das große Mädchen lief über die Straße. Auf einem schmalen Seitenweg standen schwere Geschütze und Zugmaschinen. Sie waren mit Birken besteckt, wie zum Johannisfest. In der Nähe des ausgebrannten Lastwagens lagen etwa zehn Gefallene im Wald aufgereiht. Die einzige Ordnung, in die man sie legen kann, damit es aussieht, als würde etwas für sie getan. Ein paar Dutzend Soldaten umstanden die Toten.

»Das ist, weil uns der Mannerheim das Schwert nicht einstecken läßt.«

»Er würd uns vielleicht lassen, bloß wohin?«

»Neuer Tagesbefehl, Jungs. Schon viele sind von euch gegangen, möge auch der Rest noch von euch gehen. Mannerheim.«

»Was zieht ihr den Mannerheim in den Dreck«, sagte der Unteroffizier. »Der Mannerheim hat die Männer nicht umgebracht, das steht doch wohl fest. Der Mannerheim hat nichts Schlechtes gewollt, für das Volk. Wer hat denn dem Volk das Brot verschafft, damals nach dem Aufstand, als die anderen Herren nichts getan haben als fressen und scheißen.«

»Bißchen wenig, dieses Brot, für das hier. Und wenn es fünf Millionen Brote gewesen wären, von denen hier wird keiner wieder lebendig. Außerdem bist du noch viel zu jung, über die alten Geschichten zu reden. Das beste ist, du rollst dein Maul auf und steckst die Rolle in die Tasche.«

Dem Unteroffizier zitterten die Kaumuskeln. Er ging weiter, quer durch den Wald, an den Geschützen vorbei. Einer von den Männern kam ihm nach.

»Das war der Leichentransporter. Ein Jagdbomber hat eine Kurve gedreht und mit der Kanone gefeuert, daß es spritzte. Die Jungs sagen, dort liegt auch ein Panzerhauptmann, der das Mannerheimkreuz hat. Also ich kann mir so was nicht angucken. Aber die andern störts nicht, und dann reden sie noch dazu wie die Bolschewiken.«

»Ich hab mit dir überhaupt nicht geredet, auch nicht über die Bolschewiken. Schwirr ab!«

Der Mann zuckte mit den Schultern und verschwand. Der Unteroffizier lief ein paar Kilometer, bevor er sich beruhigte. Dann streckte er sich auf einer schmalen, sauberen Schneise aus, auf der niedriges zartes Gras wuchs. Es war ein roter Abend. Die blanken Baumstämme standen, so weit das Auge reichte, in irgendeiner Ordnung. Zehn Meter weiter lag ein Findling von der Größe eines Lastwagens, umgeben von einer dichten Baumgruppe. Der

Himmel war zuoberst noch bläulich, aber voll weißer Wölkchen, die aussahen wie der Brustflaum eines Huhns, wenn der Wind darin spielt. Ein Huhn kommt dann nicht von der Stelle, es muß wohl glauben, daß da ein Wesen ist, das es streichelt.

5 Der Unteroffizier wachte auf, als das Artilleriefeuer in seiner Nähe einsetzte. Er erriet, daß es die Geschütze waren, die getarnt auf dem Waldweg gestanden hatten, und er mußte an die Toten denken, die dort in einer Reihe lagen, ohne einander zu kennen, als hätte man Kinder von ein paar Tagen oder Wochen nebeneinandergelegt; die wissen auch nichts voneinander, und wenns noch so viele sind. Aber das Donnern schien auch zu den Toten zu gehören, als würden sie irgendwie damit gefüttert. Ein Horn begann zu rufen.

Er richtete sich auf. Das Licht war noch wie vorher, aber die Umgebung war wie ein Spiegelbild der vorangegangenen. Er tastete auf der falschen Seite nach der Maschinenpistole. Es kam daher, daß die Sonne nun auf der anderen Seite stand. Er fühlte sich schlecht. Als er sich umblickte, erschrak er so heftig, daß ihm die Hände zuckten. Der große Findling schien näher gerollt zu sein, er lag jetzt nur noch einen Meter von ihm entfernt. Es war ein großer Personenwagen mit einem gelben Armeenummernschild an der vorderen Stoßstange. Der Unteroffizier sprang auf und trat zur Seite.

»Hören Sie, Unteroffizier, kommt man auf diesem Weg zu der Chaussee, an der die leichte Flakbatterie steht? Es muß dort ein großes Feld geben und daneben einen Hügel mit drei hohen Fichten, die mittlere davon hat eine vertrocknete Krone. Auf dem Feld steht ein Flakgeschütz ohne Schutzwall. Das kann höchstens ein paar Kilometer von hier sein.«

Der Unteroffizier hörte nicht recht hin, er sah den Sprecher nicht einmal, die Leute waren nur in der Nähe, wie das Auto; er hätte sich am liebsten mit den Händen über das Gesicht gestrichen, um das alles zu verscheuchen. Doch dann fingen zwei Stimmen an, Russisch zu sprechen, es hörte sich an wie die Nachrichten im russischen Rundfunk, nach jeder kurzen Meldung wechselte der Sprecher. Und während der ganzen Zeit schnurrte der Automotor.

»Wenn Sie nichts Wichtiges vorhaben, dann kommen Sie mit, setzen Sie sich zum Fahrer. Wir haben einen hohen Gefangenen im Wagen, den dürfen wir nicht laufenlassen, um keinen Preis. Wenn er es versucht, dann schießen Sie ohne Anruf.«

Sie fuhren weiter auf dem Grasboden der Schneise, immer aufs neue öffnete sie sich zwischen den Sträuchern vor dem Wagen, wie in den Bildern der Vorstellung. Die Sonne schien nur jeden zweiten Grashalm zu treffen, die Schatten waren lang und spitz, als ständen sie aufrecht.

Plötzlich waren sie auf einer Chaussee. Der Fahrer wußte nicht, wie er weiterfahren sollte, das Auto stand quer zur Fahrbahn.

»Rechts«, hieß es hinten.

Der Fahrer ließ den Wagen ein Stück in den Wald zurückrollen und fuhr dann in schnellem und gleichmäßigem Tempo auf der Landstraße weiter. Die Felder trugen Getreide, es war noch jung, die langen zarten Blätter ringelten sich um die Halme, umgaben sie wie Reifen.

»So, jetzt brauchen wir nur noch die drei Fichten zu finden«, kam es von hinten.

Auf dem Feld stand eine leichte Flak, ein Schnellfeuergeschütz, um das sich Soldaten mit entblößtem Oberkörper bewegten. Sie waren braungebrannt wie Straßenbauarbeiter. Sie hatten schon so oft zum Himmel geguckt und dabei ihr Geschütz bedient, daß sie überhaupt nicht mehr hinzusehen brauchten, wenn sie ihre Handgriffe verrichteten. Auch jetzt ölten sie Teile, stellten irgend etwas ein und schauten dabei ganz woandershin.

»He, Männer! Könnt ihr mir sagen, wo hier ... Ach was, Unteroffizier, laufen Sie hin, fragen Sie die Leute. Ich kann nicht mehr.«

Der Unteroffizier ging hin. Über das Feld führte ein Trampelpfad, der Boden dort war völlig nackt. In der Nähe des Geschützes sah die Erde aus wie von Schweinen aufgewühlt. Der Unteroffizier erkundigte sich.

»Das kann schon hier sein. Die drei Fichten standen dort oben, wir haben sie umgelegt, weil sie uns die Sicht nahmen.«

Dem Auto entstiegen ein dicklicher Major und ein Offizier in einer prächtigen, fremden Uniform: flache Schirmmütze mit Flügelabzeichen, die Uniformjacke voller Medaillen und fünfzackigen gold- und silberglitzernden Sternen; auch am Hals trug er einen Stern, der war rot und weiß emailliert und mit kleinen Edelsteinen besetzt; ein hagerer junger Mann mit einer Hakennase, der Jackenkragen schien ihm zu weit zu sein, sooft er schluckte, bewegte sich sein Adamsapfel auf und ab. Als letzter stieg der Fahrer aus, ein Mann mittleren Alters mit unbeholfenem Gang, seine Hose glänzte wie Blech.

»Ich hoffe, das ist endlich der richtige Ort und das richtige Geschütz«, sagte der Major und schaute sich um. Das Geschützrohr war mit einem weißen Ring bemalt. »Dieser Gefangene ist ein russischer Oberst. Vorgestern kam er in Säkkijärvi herunter. Er sagt, er sei in dieser Gegend an der Tragfläche getroffen worden. Im Hauptquartier hat man ihn verhört, und mit Erlaubnis des Marschalls suchen wir jetzt das Geschütz. Hatten Sie vorgestern einen Zweikampf mit einem einzelnen Jagdbomber?«

»Ja«, sagte einer der Männer, nach seiner Miene zu schließen, der Geschützführer. »Er hat mindestens zehnmal angegriffen, dann verschwand er. Wir meinten, der hat es noch nicht aufgegeben, und lauerten noch eine ganze Weile. Zuerst ist er immer von der Sonnenseite her gekommen, es war gegen Abend, also von Südwesten etwa, jedenfalls von dort, wo die drei großen Birken stehen. Von dort kam er im Tiefflug, in zehn Meter Höhe, daß sich das Gras umlegte. Aber dann wechselte er die Richtung. Dort oben haben die drei Fichten gestanden, von dort flog er an und schwang sich über sie weg. Die Fichten haben wir inzwischen umgehauen.«

»Das war dieser Oberst. Er bat darum, mit den Männern bekannt gemacht zu werden, die ihn abgeschossen haben. Er behauptet, er habe an der Ukrainefront dreißig deutsche Flakbatterien vernichtet, sei aber nirgends einer so kühnen Flakmannschaft begegnet. Keine andere Mannschaft habe mehr als drei Tiefangriffen standgehalten. Soweit er sie nicht umgebracht habe, seien sie ausgerissen. Stalin hat diesem Mann eigenhändig zwei hohe Auszeichnungen verliehen.«

»Wir dachten uns schon, daß es kein gewöhnlicher Mann war.«

»Der Oberst möchte Ihnen ein paar Andenken übergeben. Er meint aber, er habe nichts Nennenswertes bei sich. Sie möchten ihm nicht verübeln, daß es nur Nichtigkeiten sind.«

Der Geschützführer erhielt ein silbernes Zigarettenetui, sein Gehilfe ein Feuerzeug, die Männer bekamen Ringe, eine silberbeschlagene Zigarettenspitze und eine lederne Brieftasche. Die Männer wollten ihm auch etwas schenken. Der Geschützführer fragte den Major, was da wohl angebracht sei.

»Sie haben doch die Hülsen, geben Sie ihm eine davon.«

Der Geschützführer überreichte ihm eine Hülse. Der Gefangene schwenkte sie in der Hand, als er zum Auto zurückkehrte.

Der Geschützführer lief dem Major nach. »Herr Major, können wir auf Grund dieses Gesprächs unseren Abschuß als bestätigt betrachten?«

»Ja, zum Kuckuck, wenn der Marschall von Finnland und ein russischer Oberst ihn bestätigen. Da habt ihr eine Bestätigung, wie ihr sie besser gar nicht kriegen könnt.«

Einer von den Flakmännern malte einen neuen Ring an das Geschützrohr, die anderen standen dabei und schauten zu. Das Auto hatten sie schon vergessen.

Der Unteroffizier stieg dort wieder aus, wo er in das Auto eingestiegen war. In seiner Hand glühte eine platte, dicke russische Zigarette mit Goldmundstück. Ein wenig Goldstaub blieb an den Fingern kleben. Der Tabak war wohl parfümiert. Als er sich umwandte und dem Auto nachschauen wollte, war es schon verschwunden. Er machte sich auf den Weg, ging weiter durch den Wald. Und im Gehen suchte sein Auge stets nach einer geraden Linie zwischen den Bäumen.

6 Der Unteroffizier hielt sich an die Bahnlinie Riihimäki-Viipuri, er blieb südlich davon. Dort gab es weder Seen noch Flüsse. Über den Kymi-Fluß kam er in einem Boot. Das Boot war an einen runden Pfahl angeschlossen, der fest im Boden steckte. Dennoch versuchte er, ihn zu bewegen. Als der Pfahl ein klein wenig nachgab, begann er ihn zu drehen. Der Schlamm hielt ihn lange fest. Der Pfahl war schwer wie ein Stein, als er ihn ins Boot hob. Die Ruder und das Boot hingen an einer Kette. Er brach ein Ruder mit dem Fuß entzwei und paddelte mit dem abgebrochenen Stück auf der einen Seite, die Strömung ruderte gewissermaßen auf der anderen Seite mit und drückte das Boot quer zum Fluß. Am anderen Ufer stieß er das Boot in den Fluß zurück und beobachtete vom Schilf aus, wie die Strömung es davontrieb.

Der Schatten der Uferböschung reichte bis zur Mitte des Flusses. Die sonnenbeschienene Hälfte spiegelte den Himmel wider. Der Fluß sah dort aus wie eine Höhle mit gewölbtem Boden, das andere Ufer schwebte gleichsam darüber. Die Welt schien zweistöckig zu sein. Eine Schnepfe flatterte auf der anderen Uferseite über dem Acker, sie hielt den Kopf gesenkt und schrie. Sie schrie schon die ganze Zeit. Auf der Suche nach einem Boot war er gute zwei Kilometer am Ufer entlanggelaufen und befand sich nun mitten zwischen Feldern. Auf dem Acker hinter ihm, oberhalb der Uferböschung, stand Hafer, auf den Feldern am anderen Ufer Futtergetreide. Die Höfe lagen hier wie drüben weitab vom Fluß; beim Hinaufklettern hatte er über den Rand der Böschung gespäht.

Als er den Wald erreichte, war die Luft abgekühlt, die Sonne schien nicht mehr. Er folgte einem Rain, so daß er das Feld die ganze Zeit vor sich sah. Es hatte die Farbe von dunkelgrünem Flaschenglas, das Licht, das es durchließ, war von der gleichen Farbe. Der Wald darüber schien papierdünn. Eine große Gebäudegruppe stand am Waldrand, ein Gutshof, mitten darin das zweistöckige Hauptgebäude mit schrägem Dach und der Windmotor.

Am Ende des Feldes hielt er ein letztes Mal an, um hinzuschauen. Auf diesem Feld hatte er den ganzen Abend zugebracht. Er nahm sich vor, irgendwann noch einmal hierherzukommen.

Er übernachtete im Wald, in einer leeren Kartoffelmiete. Es gab dort vier solche Mieten, sie waren von Stacheldraht umzäunt. Der Wald ringsum diente als Weidefläche. Die vier Mieten waren zum Trocknen aufgedeckt. Er schob ein paar Deckbretter unter eine Überdachung, rückte sie im Sand zurecht, warf Deckstroh darauf und kroch in diese Hütte, um zu schlafen. Sie war so niedrig, daß man nicht aufrecht sitzen konnte. Weil sie obendrein vorn und hinten offen war, brachte er es nicht fertig, sich ganz auszustrecken. Er lag auf der Seite, zusammengekauert, mit angezogenen Knien. Es war völlig still. Auch das Donnern hatte aufgehört. Diese Stille konnte nichts anderes bedeuten, als daß der Russe durchgebrochen war. Zugleich erinnerte er sich, daß die eigenen Geschütze am Morgen ganz aus der Nähe geschossen hatten. Schon da konnten die russischen Truppen nicht mehr weit gewesen sein. Er fragte sich, ob das Gut, das er gesehen hatte, nicht vielleicht schon verlassen war, die Bewohner konnten längst geflohen sein. Er kletterte hinaus, um zu horchen. Er hörte ein leises Donnern, beruhigte sich und kroch wieder unter sein Dach. Kurz vor dem Einschlafen hatte er das Gefühl, daß jemand neben ihm lag.

Am Morgen war das Donnern wieder ganz deutlich, es hörte sich nicht anders an als am Vortag.

Sein Mund war voll von dickem Schleim, der sich irgendwie ballte. Als er ihn ausspuckte, blieb ein leeres Gefühl zurück. Er hatte Durst und dachte an den Fluß.

Er kletterte in die Kartoffelgrube, rutschte auf dem Bauch über einen Randbalken und ließ sich auf Hände und Füße fallen. In der Grube war keine Leiter, wie gewöhnlich. Wenn überhaupt eine da war, dann eben nur eine für alle Gruben zusammen, sie lag wahrscheinlich irgendwo unter einer Überdachung oder in einer der Gruben. Unten war es kalt. Auf dem Boden lag Sand oder lockere Erde, er stieß die Fußspitze hinein und holte Kartoffeln daraus hervor. Was er fand, warf er hinauf. Es mußten bald zwanzig Stück sein. Danach wollte er wieder aus der Grube klettern, schaffte es aber nicht. Zuerst war das wie ein schlechter Witz. Ohne Anlauf stieß er sich mit dem rechten Fuß ab, schwang den linken an der Wand hoch und langte mit den Händen nach dem Grubenrand. Dann bohrte er mit dem Fuß ein Loch in die Wand und versuchte es so. Aber er erreichte den Rand nicht, es fehlte ein ganzer Meter. Kartoffelgruben werden von allein tiefer, beim Ausräumen der Abfälle im Frühjahr wird jedesmal etwas Erde mit abgetragen. Dies mußte eine sehr alte Grube sein, weil sie schon so tief war. Wenn die Gruben zu tief werden, fallen sie eines schönen Frühlings zusammen. Er häufte mit dem Fuß an der Wand Erde auf und trat sie fest, aber als er daraufstieg, sackte er ein. Er fluchte. Nicht ein Brett war in der ganzen Grube, außer der Überdachung. Abermals rannte er gegen die Wand an und setzte sich rücklings in den feinen Sand. Dann nahm er seinen Brotbeutel und schwang ihn über den Randbalken, in der Hoffnung, der Riemen würde sich irgendwo festhaken. Das andere Ende hielt er krampfhaft umklammert. Dann fiel ihm sein Koppel ein. Wenn es ihm gelang, das Koppel über einen Balken zu schwingen, war es ein leichtes, sich hochzuziehen, das trug ihn. Er stellte sich auf die Zehenspitzen und versuchte das spitze Ende des Koppels durch den Spalt hinter einem Randbalken zu schieben. Aber dann fragte er sich, wie er das verdammte Lederende bloß durch die Schnalle kriegen sollte, dazu hätte er oben sein müssen. Das machte ihn so nervös, daß er alles aufgab. Wäre seine Maschinenpistole nicht oben gewesen, er hätte auf den Balken geschossen, um die ganze Überdachung herunterzuholen. Er blieb eine Weile sitzen, dann sprang er auf und machte sich daran, die Wand mit dem Fuß auszuhöhlen. Kam das ganze Dach herunter, blieb ihm immer noch die Möglichkeit, daran hochzuklettern. Dann begriff er, daß es sinnlos war, die Wand unten anzubuddeln, und er grub mit den Händen und mit der Koppelschnalle eine Art flaches Fach weiter oben in die Wand. Als das so tief war, daß der ausgestreckte Arm hineinpaßte, ohne daß etwas herunterkam, grub er am Ende des Spalts nach oben weiter. Auf einmal brach ein ganzes Stück der Grubenwand zusammen. Er schaufelte mit den Armen den Sand aus dem Fach, kletterte darauf und arbeitete sich durch die Rasenstücke der Abdeckung ins Freie. Die Kartoffeln, die er herausgeworfen hatte, lagen überall verstreut. Er sammelte sie in den Brotbeutel, hängte sich die Maschinenpistole um und trottete los. Nach ein paar hundert Metern zog er die Sachen aus und klopfte den Sand ab. Wieder angezogen, suchte er sich Reisig, machte ein Feuer und schob die Kartoffeln zum Rösten hinein. Die Sonne schien ins Feuer, die

Äste verglommen mit unsichtbarer Flamme. Er mußte die ganze Zeit hin und her laufen und Reisig holen. Schließlich aß er die Kartoffeln halb roh, weil sie nicht gar wurden. Er hatte sich eine letzte Zigarette aufgespart, jetzt steckte er sie an. Auch sie verglomm bald zu eisenfarbener Asche. Seine Armbanduhr ging noch, sie zeigte zehn Uhr. Das Donnern drang wieder in sein Bewußtsein. Solange er saß, hörte er es nur schwach, doch sobald er aufstand, nahm es zu. Als er losging, schien es noch stärker zu werden. Sein Blick diktierte ihm nun keine Marschroute durch den Wald mehr zu, er war oft im Zweifel, ob er an einem Baum, einem Strauch auf dieser Seite vorbeigehen sollte oder auf jener.

7

Um die Mittagszeit hörte er im Wald jemanden Holz hacken. Er schlug einen Pfad ein, der darauf zulief, fuhr aber plötzlich herum, weil er deutlich zu spüren glaubte, daß ihm jemand folgte. Wahrscheinlich hatte er aber nur einen Schimmer von seinen eigenen Kleidern gesehen.

Ein alter Mann machte Brennholz. Er hatte schon an die zehn Stapel fertig, sie waren mit großer Sorgfalt aufgestellt. Nicht einen hatte er einfach an einen Baum gepackt, für jeden einzelnen hatte er Stützpfähle eingeschlagen, die eine Querstange oben zusammenhielt. Die Scheite waren klein, sie lagen über Kreuz. Mit einem kräftigen Fußtritt konnte man solch einen Stapel zur Hälfte umstoßen. Er hatte sogar die kleinsten Äste mit gespalten, obwohl die am zähesten sind, er war schon zu alt zum Holzhacken. Weil ein Holzhacker immer Scheite übrigbehält, die er als

Dreingabe auf die Stapel wirft, hatte er auch einige dikkere Äste abgeputzt, zerhackt und über die Stapel verteilt. Sein Fahrrad lehnte an einem der Stapel, der Rucksack lag auf dem Gepäckträger. Der Alte stand fünfzig Meter weiter drüben an einer Böschung. Der Unteroffizier machte den Rucksack los und nahm ihn an sich. Es war eine leere Milchflasche darin, dazu zwei Butterbrote und eine viereckige Essigflasche, die Wasser enthielt. Er setzte sich hin, aß die Butterbrote und trank Wasser dazu. Dann tastete er den Rucksackboden nach Tabak ab, fand aber nur eine Fahrradpumpe und etwas Hartes, das ihm aus den Fingern rutschte. Es war eine kleine Kampferflasche, sie steckte in der Außentasche. Er bekam ein unangenehmes Gefühl, als er daran dachte, daß der Alte ein schwaches Herz hatte und schlechte Fahrradreifen. Er steckte die Sachen wieder in den Rucksack und schnürte ihn ordentlich zu. Als er an den Schreck dachte, den der Alte bekommen würde, wenn er merkte, daß einer heimlich an seinen Rucksack gegangen war, und daran, wie stark sich solche Alten erschrecken können und wie sie sich noch hinterher ängstigen, glaubte er die Sache irgendwie bereinigen zu müssen. Er klemmte den Rucksack wieder in den Gepäckträger und ging auf den Holzhacker zu. Der Alte sah und hörte nichts, obwohl er schon dicht neben ihm stand und zuschaute, wie der Alte sich mit einem astigen Stück abmühte. Er benützte eine zweite Axt als Keil.

»Tag«, sagte der Unteroffizier.

Der Alte erstarrte in seiner gebückten Haltung, als wollte er sich verstecken. Dann richtete er sich auf und schielte über die Schulter.

»Da kommt man ins Schwitzen, was?«

»Ach, du bist es. Dachte schon, weiß Gott wer.«

Er war schon so alt, daß er nichts mehr fürchtete, als seine Greisenhaftigkeit zu zeigen. Und weil man sie am ehesten daran merkt, daß einer seine Bekannten nicht erkennt, bemühte er sich, ausnahmslos alle Menschen zu erkennen.

»Wie geht es?«

»Wie solls gehen? Ich hacke Holz.«

»Ganz schöne Stapel haben Sie gehackt. Die können sich sehen lassen. Haben Sie nicht ein bißchen Tabak für mich?«

Der Alte setzte sich in einen Reisighaufen, kramte seinen Tabaksbeutel hervor und stopfte sich die Pfeife, dann reichte er ihn dem Unteroffizier. Der griff tüchtig zu und steckte die Hand in die Tasche, als suchte er Papier, aber er ließ nur den Tabak in der Tasche verschwinden. Das Papier nahm er aus der Brieftasche, ein Stück von Ritvas letztem Brief.

»Was sagen Sie dazu, die Pferde haben mir die Thermosflasche zermanscht«, sagte der Alte.

»Wie sind sie denn an die Flasche rangekommen?«

»Ich hatte sie im Reisig.«

»Dort gehört sie nicht hin, wenn die Pferde rankönnen.«

»Ich wollte sie wegjagen, aber sie kamen glatt auf mich zu. Dem einen hab ich eins übergezogen.«

»So.«

»Es kam ja direkt auf mich zu.«

»Womit haben Sie ihm eins übergezogen, mit der Axt?«

»Mit dem Stiel.«

Der Alte angelte die zerquetschte Hülle der Thermosflasche aus dem Gestrüpp.

»Ein schöner Schaden, verdammich.«

»Das ist es, für mich ist es ein großer Schaden.«

»War das jetzt erst?«

»Was?«

»Daß das passiert ist?«

»Eben erst, bevor Sie kamen. Dort steht noch der Baum, der markierte, ich habe ihn stehen lassen, das ist ein guter Baum, den darf man nicht fällen.«

»Ja, der Baum ist gut.«

Die Pferde kamen näher, es knackte laut, als sie in das frischgeschlagene Geäst traten. Der Alte stand auf, er warf einen Knüppel nach ihnen und stieß einen Schrei aus. Sie stutzten, dann kamen sie noch näher. Der Alte wurde fuchtig, er nahm die Axt und ging auf sie los. Die Pferde galoppierten rechts und links an ihm vorbei. Mitten im Lauf bemerkten sie den Unteroffizier und blieben wie angewurzelt stehen. Sie machten kehrt, plump wie Schleppkähne, und liefen wieder an dem Alten vorbei, streiften ihn fast mit ihren Leibern.

»Die lassen ihren Teufel an Ihnen aus«, sagte der Unteroffizier, als der Alte zurückkam.

»Das zahle ich ihnen noch heim. Lange treiben sie es nicht mehr so. Die Viecher werden aufsässig, weil wir Menschen sie verhätscheln. Sie müssen eins mit der Peitsche kriegen, dann vergeht ihnen die Lust, unsereinem auf die Zehen zu treten.«

»Das ist ein wahres Wort.«

»Wenn ich sie erwische, hau ich zu, daß es armdicke Striemen gibt.«

»Was anderes brauchen die nicht.«

»Seit die Weiber sie in den Händen haben, tun sie, was sie wollen.«

»Der Krieg bringt manchen Schaden mit sich.«

»Und das ist alles erst der Anfang.«

»Meinen Sie?«

»Bestimmt. Die Menschen fressen sich noch gegenseitig auf, bevor wir sagen können, daß der Krieg zu Ende ist.«

»Meinen Sie wirklich, es wird so schlimm? Glauben Sie, daß der Russe herkommt?«

»Soll er ruhig, das macht doch nichts. Der war schon mal hier, ich kann mich erinnern.«

»In Tampere gab es mal einen alten Mann, der hat immer gesagt, er weiß noch, wie das und jenes war. Den haben sie gefragt, ob er auch noch weiß, wie es war, als der Russe ins Land kam. ›Ja, das weiß ich noch‹, sagte er, ›das war, als sie bei Finlayson die Mauern für das neue Fabrikgebäude hochgezogen haben, verdammich.‹ Ein Russe hat dort gearbeitet, der ist nachher vom Gerüst gefallen, ja, ja«, erzählte der Unteroffizier und sah den Alten an. »Na, ich muß wohl weiter.«

»Bei uns in der Gegend war auch ein Russe, ein Hausierer, der hieß Wassili. Er hat die Tochter vom Schmied geheiratet. Den haben sie wegen ungesetzlichem Handel vors Gericht gebracht. Er mußte Strafe zahlen. Als er das nächste Mal vorgeladen wurde, ist er nicht hingegangen, aber sie haben ihm trotzdem eine Geldstrafe aufgebrummt. Er sagte dann: ›Finnlands Gesetz ist ein Scheißgesetz, gehst du zum Gericht, zahlst du Strafe, gehst du nicht hin, zahlst du auch.‹ Er war ein lustiger Mann. Einmal kam er auf den Brusila-Hof und sagte: ›Gutten Tack, Brusila-Wirt, was machen Zicken, Wirt?‹ Der Brusila sprang ihm an den Kragen und zerrte ihn raus. ›Was, Drecksrusse, du schimpfst mich einen Zickenwirt?‹ Ja, das war wirklich ein lustiger Russe. Er hatte einen Bruder, den Alexander. Der ist im japanischen Krieg gewesen. Er hat sich dort eine Erkältung geholt, er fror immerzu, er zitterte richtig. Einmal versuchten die beiden im Frühling, bei Mallinkainen über den Fluß zu kommen. Sie hatten sich aus Balken Flöße gezimmert. Der Alexander fuhr mit dem einen Floß vor, und Wassili kam mit dem anderen nach, aber Alexanders Floß fiel auseinander, und er soff auf der Stelle ab. Wassili erschrak fürchterlich. Er hatte eine lange Stange bei sich, damit stocherte er auf dem Grund herum und schrie: ›Alex, Alex, halt dich an der Stange fest!‹ Er schrie es auf finnisch. Aber Alex verstand überhaupt kein Finnisch, und Wassili schrie es auf finnisch. Er war ganz durcheinander.«

»Hat er den Alex rausgekriegt?«

»Einen Dreck hat er. Der ist einen ganzen Kilometer abgetrieben, an der Ollila-Brücke blieb er dann im Gestrüpp hängen. Ein Alter, der mit seinem Kahn unterwegs war, hat ihn dort gesehen.«

»Sie sind wohl ziemlich alt?«

»Siebzig.«

»Ach, so alt schon. Das ist eine hübsche Leistung.«

»Ja, ja.«

»Da werden Sie schon manches erlebt haben, dies und jenes, vor allem jenes.«

»Ja, ja.«

»Na, die Russen kommen nicht her. Das werden Sie nicht erleben. Hacken Sie ruhig Ihr Holz fertig. Aber lassen Sie das kleine Zeug liegen, das bringt nichts ein.«

»Mag sein, ja, aber wenn ich Brennholz hacke, hacke ich eben alles klein.«

8 Am Nachmittag legte sich ein Dunstschleier über die Landschaft. Die Sonne stand als matte Scheibe am Himmel. Es gab keine Schatten, alles sah gleichermaßen hell und weich aus. Die Luft war wie Milch. Gesicht und Hände schwitzten, die Kleider klebten, obwohl er langsam ging. Es war ganz still, seine Schritte dröhnten wie das Stampfen eines Elefanten. Hinter der Koppel, auf der Wiese, erblickte er seinen Hof. Das Wohnhaus sah er in seiner ganzen Länge, es wandte ihm die türlose Fensterwand zu.

Die Schwestern waren in den Rüben. Er ging zu ihnen hinüber. Sie waren so in die Arbeit vertieft, daß sie ihn nicht kommen hörten. Im Steinhaufen neben der Darre sang ein Weißkehlchen. Es mochte sein Nest im Luftrohr haben. Dort hatte es immer Weißkehlchen gegeben.

»Habt ihr die Setzlinge gefunden?« fragte er barsch.

Sie richteten sich langsam auf und schauten ihn an, wischten sich vorher noch mit dem sauberen Unterarm die Stirn ab. »Wo kommst du denn her?« fragte Kerttu.

»Ich komme ganz legal, keine Bange. Sie haben einen Teil von uns nach Hause geschickt, für den Fall, daß der Russe durchbricht.«

»Bist du mit dem Zug gekommen?«

»Mit dem Auto. Und dann zu Fuß durch den Wald.«

»Gut, daß du da bist. Wir müssen das Heu wenden. Wie lange kannst du bleiben?«

»Das haben sie nicht gesagt, aber ich muß wieder weg. Vielleicht schon bald. Reden wir nicht darüber. Die Sorge kommt noch früh genug.«

Sie gingen alle zusammen nach Hause. Lauri verschwand gleich in die Sauna. Kerttu sollte ihm saubere Kleider nachbringen. Lauri setzte sich auf die Ankleidebank und wartete, er schaute durchs Fenster auf den Hof, der voll von Blumenbeeten war. Dahinter sah er ein Stück vom Haus, das graue Blechdach und die gelbliche Wand. Der weiße Fahnenmast hatte sich nach links geneigt, er sah aus wie ein langer Strich Vogeldreck auf der Fensterscheibe. Auf dem Fensterbrett stand ein runder Spiegel. Er betrachtete sein Gesicht und staunte, daß die Schwestern über sein Aussehen nicht erschrocken waren. Er war schmutzig und hatte lange Bartstoppeln.

Als Kerttu mit den Kleidern aus dem Haus treten wollte, kam ihr die Mutter entgegen. Kerttu blieb an der Tür stehen und redete mit ihr, die Mutter stand drinnen, der Tochter zugewandt.

»Mach schon, verdammt noch mal«, knurrte Lauri.

Kerttu blieb im Raum und wartete darauf, daß er sich auszog. Er fing an, und sie lud sich seine Kleider Stück um Stück auf den Arm.

»Alles, alles, immer her damit. Ich wasche es gleich.«

Er zog Zivilsachen an. Im Kessel war noch heißes Wasser, damit wusch er sich. Dann machte er sich ans Rasieren.

Die Mutter war in der Stube, sie saß am Tisch. Raili stand am Herd, sie hatte Kaffee gekocht.

»Bist du gesund?« fragte die Mutter.

»Doch, doch. Wie gehts Euch?«

»Ich bin wohlauf.«

»Die Mutter hat sich sehr um dich gesorgt«, sagte Raili.

Er schaute die Mutter an. Sie wurde verlegen und fingerte an ihrer Schürze herum.

»Ich komm schon zurecht.«

»Das haben wir auch gesagt, es ändert gar nichts, und wenn einer noch so trauert. Was kommen soll, kommt doch.«

»Wenn du gefallen wärst, was wäre dann aus uns geworden?« sagte die Mutter. »Ich wäre ins Armenhaus gekommen.«

»Die Schwestern hätten schon für dich gesorgt. Und den Hof hätte Eino übernommen.«

»Wenn ihn der Russe nicht auch umbringt«, sagte die Mutter.

»Mich hat er ja noch gar nicht umgebracht.«

»Die Mutter redet von nichts anderem als von dir und Eino.«

»Als uns der Vater genommen wurde, hat er gesagt: ›Die Jungs sorgen schon für dich. Es sind gute Söhne‹«, sagte die Mutter.

»Die Mutter hat geträumt, der Vater war da. ›Den Söhnen wird dort nichts zustoßen‹, hat er gesagt. ›Mach dir keine Sorgen‹«, erzählte Raili.

»Dort ist manchem was zugestoßen, mancher Mutter Sohn.«

»Aber ihr werdet davonkommen«, sagte Raili.

»Ihr steht in Gottes Hand«, sagte die Mutter.

»Gottes Hand, ja. Das sagte der Kumpel auch, als er auf Urlaub fuhr. In der Zwischenzeit hat der Russe die Unterkunft dem Erdboden gleichgemacht. Zwanzig Mann sind dort draufgegangen. Der Unglückliche dankte dem lieben Gott dafür, daß er ihn beschützt hat. Als ob der liebe Gott die Hand über jeden Hosenscheißer halten könnte. Über die zwanzig hätte er sie halten sollen. Ich pfeife auf einen Schutz, bei dem die Kumpel zu Zehntausenden in die Grube fahren. Was haben sie denn getan, daß sie nicht in Gottes Hand stehen? Waren das lauter Sünder, verdammich? Das ist es, was ich nicht in meinen Kopf kriege.«

»Fluch nicht vor deiner Mutter.«

»Das sage ich doch nicht zur Mutter, sakra, sperr die Ohren auf.«

Die Mutter sah aus, als wollte sie gleich losweinen.

»Die Mutter hat doch nichts Böses gesagt«, beschwichtigte Raili.

»Zieh die Mutter nicht rein, mit dir rede ich.«

»Mußt du dich so aufspielen?«

»Ich kann dieses Gerede nicht mehr hören.«

»Was hast du nur?«

»Was ich habe? Wenn ich ehrlich sein soll, mich macht eure Klugscheißerei verrückt, über Gott und den Teufel und wie ihr alles in einen Topf werft. Merkts euch, ich komme von dort, mich braucht hier keiner aufzuklären.«

»Wer will dich denn aufklären? Wir haben doch so schön geredet.«

»Das habt ihr«, sagte er und stand auf. Im Vorübergehen nahm er alle Zeitungen aus dem Ständer, klemmte sie unter den Arm und stieg die Treppe zum Boden hinauf. Er hatte dort oben eine Kammer mit Wänden aus Faserplatten. Auf dem Fensterbrett lagen tote Fliegen. Als er die Zeitungen auf den Tisch warf, fegte der Luftzug sie weg, weil sie nichts wogen. Auf dem Untersatz vom Blumentopf lag eine halbgerauchte Zigarette, noch vom letzten Urlaub. Er zündete sie an, legte sich aufs Bett, nahm eine Zeitung zur Hand und begann sie durchzusehen. Der Text verschwamm vor seinen Augen, er konnte nicht lesen. Die Maschinenpistole fiel ihm ein, und er ging noch einmal hinunter in die Sauna, um sie zu holen. In der Sauna war Raili.

»Der Mutter zuliebe hättest du deine Reden zügeln können«, sagte sie.

»Was für Reden? Was habe ich denn schon wieder gesagt?«

»Die Mutter hat so auf dich gewartet, jeden Tag hat sie an dich gedacht.« Raili fing zu weinen an.

»Mit euch mag der Teufel auskommen. Ich hatte nicht vor, sie zu kränken. Und dich auch nicht. Aber ich habe mir schon so viel albernes Gerede anhören müssen, ich halte das einfach nicht mehr aus. Schließlich sieht man dies und jenes und macht sich seine eigenen Gedanken.«

»Ist dir was Besonderes zugestoßen?«

»Wieso? Was meinst du?«

»Weil du so schrecklich nervös bist.«

»Das ist nicht der Fall. Meine Nerven sind in Ordnung.«

»Dann gib dir Mühe und sei etwas vorsichtiger. Der Mutter zuliebe.«

»Gut. Ich werde nichts mehr sagen.«

Er ging wieder hinauf und legte sich hin. Gegen Abend wurde der Himmel klar. Die Sonne beschien das andere Ende des Dachbodens. Abermals nahm er die Zeitungen zur Hand und blätterte darin. Im Unterstand hatten sie es gelernt, die Ereignisse des zivilen Lebens zu verfolgen, jedenfalls alles, was den Heimatkreis betraf. Die Frontberichte waren so allgemein gefaßt, daß sie nichts Reales enthielten, bis auf die Ortsnamen. Jetzt wurde in den Dörfern der Landenge gekämpft. Viipuri war verloren. Bestürzt richtete er sich auf. Davon hatte er nichts gewußt. Der Text erweckte den Eindruck, daß die Stadt kampflos aufgegeben worden war. Der Verlust flößte Bitterkeit ein, ohne daß er wußte, gegen wen er erbittert sein sollte. Er warf die Zeitung hin und legte sich wieder auf den Rükken. Das war eine Nachricht! Ihm fiel ein Preisausschreiben ein, bei dem es darum ging, wie oft Viipuri erobert worden war. Das erstemal vom Zaren Peter, das zweitemal von den Weißen im Jahre achtzehn, das drittemal von den Finnen im Jahre einundvierzig. Man sollte denken, daß es jedes zweite Jahr erobert worden war, doch es stellte sich heraus, daß die Russen die Stadt einmal eingenommen hatten und die Finnen zweimal. Es lag etwas von einem Taschenspielertrick in der Frage, bei einigem Nachdenken mußte man jedoch zugeben, daß die Antwort stimmte.

Kerttu kam, sie wollte ihn zum Essen holen, aber er stellte sich schlafend. Sie kam sogar in seine Kammer, und er hätte sie gern gefragt, ob sie Tabak im Haus hatten. Als sie wieder gegangen war, bekam er die Augen nicht mehr auf, der Schlaf hatte ihn übermannt. Vom Dach her war ein leises Kratzen zu hören, es waren die Spatzen, die dort herumsprangen.

9

Um fünf Uhr klingelte der Wecker. Die Schwestern schliefen den Sommer über draußen auf dem Dachboden, um diese Zeit gingen sie melken. Als sie fort waren, zog Lauri sich an und stieg hinunter in die Wohnstube. Die Mutter war beim Kaffeekochen.

»Du bist schon auf?« fragte sie. »Der Kaffee ist gleich fertig.«

»Laßt Euch Zeit, brüht den Kaffee erst, wenn die Schwestern vom Melken zurückkommen, wir trinken dann zusammen.«

»Gestern abend hast du gar nichts gegessen«, sagte die Mutter.

»Ich bin auf einmal eingeschlafen.«

»Ich bring dir was«, sagte die Mutter und trug auf, was sie in der Speisekammer hatte, Butter und Brot, Schinken, kalten Gerstenbrei und Milch und selbstgemachten Käse.

»Das reicht«, sagte er.

Aber die Mutter räumte die Speisekammer leer. Sie brachte Fischsalat und Salzhering, saure Hafergrütze und Buttermilch und dicke Sahne.

»Wo habt ihr das Gerstenschrot her?« fragte er.

»Raili war in der Mühle, in der Neviläkoski-Mühle, mit dem Fahrrad.«

Bis zur Neviläkoski-Mühle sind es fünfzig Kilometer.

»Wißt Ihr, ob die Mädchen Tabak haben? Meiner ist alle.«

»Oje, das weiß ich nicht.«

Die Mutter lief rasch hinaus auf den Hof, wohl um die Töchter nach Tabak zu fragen, falls sie noch nicht auf der Weide waren. Aber sie waren schon fort.

»Laßt es gut sein«, sagte er zur Mutter. »Ich weiß schon, wo ich welchen kriege.«

Die Mutter setzte sich ihm gegenüber und schaute zu, wie er aß.

»Das Gerstenschrot ist gut«, sagte er. »Dort müssen wir es immer machen lassen.«

»Lang nur zu. Wir haben einen ganzen Beutel auf dem Speicher. Raili hat dir auch welches mitgeschickt in dem Paket. Hast du es nicht bekommen?«

»Das Paket irrt wohl noch irgendwo in den Wäldern umher«, sagte er.

»In den Wäldern? Wieso in den Wäldern?«

»Dort ist einiges falsch gelaufen, als das Durcheinander losging.«

»Dann hast du es gar nicht bekommen?«

»Nein.«

»Oje, oje!«

Als er gegessen hatte, ging er über den Hof in den Schuppen, in dem die Räder standen. Er mußte ein Damenrad nehmen, an seinem fehlten die Reifen. Er stellte nicht einmal den Sattel höher, er fuhr gleich los, bog in die Hauptstraße ein und sauste den Berg hinunter zur Brücke. Mitten auf der Brücke bremste er plötzlich, er wußte selbst nicht, warum. Er hatte das Gefühl, etwas vergessen zu haben, aber das war es nicht, es war wohl doch eher ein bißchen Angst.

Die Sonne stand noch tief, in Augenhöhe. Die Fenster des großen Ladens in Luhtala blinkten weit in die Gegend. Die Welt schien frisch gestrichen, alles war feucht und blank. Er saß auf dem Rad und hielt sich am Geländer fest. Der Schatten der Brücke reichte weit über den Fluß, auch sein Spiegelbild sah er. Er stieß sich ab und fuhr weiter.

Er brauchte eine Stunde bis zur Bahnstation, es war schon halb sieben, als er hinkam. Er fuhr einfach auf den Hof des Geschäfts und stellte sein Rad an die Wand des Magazins. Die Sonne wärmte schon kräftig, er spürte sie im Gesicht, auch die Wand strömte Wärme aus. Die Wohnräume lagen auf der Hofseite des Hauptgebäudes. Die Mädchen wohnten am anderen Ende rechts. Sie hatten nur ein Fenster mit weißen Gardinen. Er klopfte an die Scheibe, trat zurück und wartete. Ritva spähte durch die Gardine, sie kam heraus, um ihn einzulassen. Ihre Kollegin schlief noch, sie gingen nicht in die Kammer, sie gingen auf den Laden zu.

»Meine Güte, wo kommst du denn her?« sagte Ritva.

»Gib mir um Himmels willen was zu rauchen, wenn du was hast.«

Ritva ging in die Kammer und holte Zigaretten.

»Das erzähle ich dir noch, das ist eine lange Geschichte.«

»Gehen wir rüber ins Lager, hier dürfen wir keinen Qualm machen.«

Durch die Schaufenster konnte man sie von der Straße aus sehen.

»Wann bist du gekommen?«

»Gestern gegen Mittag. Ich wollte schon gestern herkommen, aber ich habs nicht geschafft. Ich bin erst wieder wach geworden, als die Schwestern melken gingen.«

»Ich bin ganz durcheinander. Ich konnte gar nicht glauben, daß du es wirklich bist.«

»Und für wen hast du mich gehalten?«

»Dummer Kerl.«

»Laß dich mal drücken. Hast du keine Strümpfe an?«

»Gar nichts. Nur den Kittel.«

»Nichts weiter?«

»Nein.«

»Hab ich dir gar nicht gefehlt?«

»Gar nicht.«

»Überhaupt nicht?«

»Ach, natürlich.«

»Laß uns bloß von diesem blöden Flur verschwinden.«

»Ilmi schläft noch.«

»Ist sie nicht wach geworden?«

»Sei brav jetzt. Bitte! Reino kann jeden Augenblick kommen. Hier hinten holt er immer den Zucker und den Malzkaffee.«

»Reino holt den, nicht Helvi?«

»Reino, ja. Er bleibt immer an unserer Tür stehen und horcht. Er schnüffelt, ob wir Männer bei uns haben. Hier können wir nicht bleiben. Gehen wir rüber ins Magazin.«

Sie huschten in den Keller und machten Licht. Die Waren lagen ordentlich sortiert in den Regalen.

»Wir sind hier unter ihren Zimmern, wir müssen leise sein.«

Sie legten sich in den Gang. Ritvas Haar fiel auf den Fußboden, zwischen dunkle Fettflecke.

Als sie aufstanden, steckte Lauri sich eine Zigarette an. Ritva nahm auch eine. Sie rauchte selten, nur bei Gelegenheit, und dann hieß das: Na und, wen geht das was an?

»Machst du dir Sorgen?« fragte Lauri.

»Wieso? Wen geht das was an? Einmal kommt es doch.«

»Sogar besser, wenn es mal kommt. Dann brauchen wir nicht immer daran zu denken. Zwischen uns ist alles klar, keine Bange. Und es kommt ja auch nicht immer gleich. Du kannst noch so aufpassen, wenn es kommt, kommt es. Spreche ich zu laut?«

»Sollen sie doch schnüffeln, wenn sie wollen. Ich kann ja auch weggehen. Ich kriege noch jeden Tag eine andere Stellung. Warte hier, ich geh mal nach oben.«

Ritva blieb zehn Minuten weg, dann kam sie und holte ihn. Sie war fertig angezogen. Ilmi machte sich für die Arbeit zurecht, sie zog den Kittel an. Sie lächelte. Als sie hinausging, stieß sie an den Türrahmen.

»Was hat sie?« fragte Lauri.

»Ilmi ist prima. Das hat nichts zu sagen. Sie meint, ich soll hierbleiben. Um den Laden kümmert sie sich.«

»Nein, ich verschwinde lieber, solange es noch Zeit ist.«

»Erst koch ich dir Kaffee.«

»Ich geh lieber, bevor Reino unterwegs ist.«

Draußen hörte man das Knirschen von Rädern, Apola brachte die Milch. Er fuhr bis dicht an das Magazin und ließ den Wagen dann bis unter das Fenster zurückrollen. Er stellte die Kannen auf die Treppe. Sein Hut bewegte sich über der Gardine hin und her, er hantierte nur ein paar Meter dahinter. Das Fenster stand offen, der Lärm schlug voll in den Raum. Lauri fürchtete, der Milchmann könnte die Gardine zur Seite schlagen und hereinschauen, aber er fuhr gleich weiter. Ritva ging mit Ilmi hinaus, um die Milchkannen in den Laden zu tragen, sie stritten sich.

»Bleib bloß weg, ich sage Reino, daß dir nicht gut ist.«

»Lauri muß sowieso bald gehen, dann komme ich.«

Das Wasser für den Malzkaffee brodelte auf der Kochplatte. Lauri schaute sich im Zimmer um, er griff nach den Zeitschriften auf dem Tisch. Das waren solche Frauenblätter, voller wahrer Begebenheiten aus dem Leben. Die Betten der Mädchen standen dicht nebeneinander. Sie waren mit einer großen Tagesdecke zugedeckt. Ritva kam, sie schloß das Fenster und schüttete den Kaffee-Ersatz in den Topf. Sie tranken, Lauri fragte: »Muß ich jetzt gehen?«

»Ich habe Ilmi gesagt, ich komme bald.«

»Dieses Bald ist in einer halben Stunde. Ich gehe hier nicht weg, solange ich nicht mit dir geschmust habe.«

Sie zogen sich aus und legten sich aufs Bett. Vom Hof drangen Männerstimmen und Wagengepolter herein. Dort war die Arbeit in vollem Gang. Die Gespräche im Laden hörte man als leises Murmeln. Irgendwo summte ein Wasserhahn, und Kinder stritten sich. Auf dem Bahnhof fauchte eine Lokomotive, alle Gebäude wiederholten ihr Fauchen, und es hörte sich an, als führe die Lokomotive zwischen den Häusern des Dorfes hindurch. Im Radio war Gottesdienst. Ein Lehrling lief den Flur entlang und pfiff. Sie lagen nackt aneinandergeschmiegt, als wären ihre Kinne mit den Schultern verwachsen, und jeder sprach dem anderen direkt in das Ohr. Ritva zog die Tagesdecke herauf, aber die blieb nicht liegen, sie rutschte gleich wieder zurück auf den Fußboden. Als sich eine Wolke vor die Sonne schob, wurde das Zimmer halbdunkel. Lauri setzte sich auf und zündete sich eine Zigarette an.

»Mir auch eine«, bat Ritva.

Sie sog die Wangen voll, daß sie sich wölbten, und blies den Rauch wieder aus.

»Sieh mal, wenn er aus der Zigarette kommt, ist er blau. Wenn er aus dem Mund kommt, ist er weiß.«

»Jezt muß ich wohl doch gehen.«

»Du kannst auch hierbleiben. Ich schaue mal in den Laden und komm dann wieder her.«

»Wenn mir vor vier Tagen einer gesagt hätte, daß ich heute hier in dieser Mädchenkammer sitzen werde, ich hätte behauptet, der spinnt. Ich dachte eher, ich fliege in die Stromschnelle und wälze die Steine vor mir her. Sie schossen vom anderen Ufer, ich hab mir die Hand vor die Augen gehalten, damit ich nicht sehen muß, wie ein Mann stirbt. Was hättest du bloß gesagt, wenn in der Zeitung gestanden hätte, daß Lauri Heikki Ojala, unser lieber Bruder und Sohn, seine unbekannte Ruhestätte im Vuoksi gefunden hat.«

»Das kann ich gar nicht hören.«

»Es hätte nicht mal drin gestanden. Niemand hätte erfahren, wo ich abgeblieben bin. Du hättest nicht mal gewußt, wohin du die Blumen bringen sollst. Nicht mal Blumen wird Ritva dem Lauri bringen können, habe ich gedacht.«

Ritva fing zu weinen an.

»Nicht. Das wollte ich nicht. Wein doch nicht.«

»Du magst mich nicht.«

»Meine Güte, was redest du bloß. Glaub mir, ich hab mir Vorwürfe gemacht, daß ich so blöd war. Daß wir uns keinen Trauschein besorgt haben. Wenn es mich jetzt erwischt, hab ich gedacht, kriegt Ritva keine Rente und gar nichts. Das kann einem zusetzen. Glaub mir, dort vorn kommt man auf solche Gedanken. Meinst du, es macht einem nichts aus, ob einer verheiratet ist, ob einer weiß, wenn er fällt, muß der Staat für die Frau und die Kinder aufkommen? Die wissen verdammt gut, wie schwer das wiegt. So mancher würde abhauen, bloß wie. Wer abhaut, heißt es bei denen, mit dem machen wir kurzen Prozeß. Das wichtigste ist nicht, wie einer stirbt. Aber wenn einer weiß, daß Frau und Kinder in Unsicherheit zurückbleiben, überlegt er sichs zweimal, ob es nicht besser ist, so zu sterben, daß ein Nutzen dabei herauskommt. Wenn ein Lediger fällt, ist er im selben Moment quitt und ausgezahlt. Da sagst du dir, immer langsam, mein Junge, es kann noch so kommen, daß dir der Trauungsurlaub ganz schön wichtig wird, und dann ist es womöglich zu spät. Schlimm, daß der Mensch diese Dinge nie so ordnen kann, wie er es eigentlich möchte.«

Ritva zog sich an und ging hinüber in den Laden. Lauri blieb im Bett. Er wollte weg, aber es zeigte sich, daß das gar nicht so einfach war. Dauernd standen Pferde an der Wand des Magazins. Die Kinder des Ladenbesitzers spielten im Hof. Am Nachmittag blätterte Lauri in den

Zeitschriften. Zum Essen gingen die Mädchen in die Wohnung des Ladenbesitzers, sie waren dort in voller Verpflegung.

Eine halbe Stunde vor Ladenschluß kam Ritva zurück.

»Dumm, daß ich das Fahrrad ans Magazin gestellt habe«, sagte Lauri.

»Ich rede mit Ilmi. Sie wird es wegbringen, zum Bahnhof. Wenn Reino sie fragt, kann sie ja sagen, es gehört einer Bekannten, sie soll es mit der Bahn wegschicken. Das fällt gar nicht auf. Hier stehen eigentlich immer irgendwelche Räder. Die Leute kommen einkaufen und lassen sie hier. Reino schließt sie abends immer ins Magazin.«

»Wenn Reino wüßte, daß ich den ganzen Tag hier rumgelegen habe, der würde eine Flappe ziehen, fünf Meter lang.«

»Was geht das Reino an.«

»Nichts. Aber soweit kenne ich ihn, daß ich weiß, er fährt an die Decke, wenn er das rauskriegt.«

»Wann mußt du wieder weg?«

»Ich? Das ist noch nicht raus. Das ist mehr so eine vorläufige Sache. Sobald der Befehl kommt muß ich weg.«

»Sehen wir uns noch mal?«

»Ich rufe dich an, und wir treffen uns irgendwo.«

Ilmi kam herein.

»Hast du es schrecklich eilig, Ilmi?« fragte Ritva. »Ob du wohl Lauris Rad zum Bahnhof bringst? Am besten auf den Vorplatz, in den Ständer, damit Reino es nicht wegschließt. Wenn er rauskommt und dich fragt, kannst du ja sagen, du willst es aufgeben, es gehört irgendeinem Mädchen. Ich möchte dich wirklich nicht bemühen, aber selbst möchte ich lieber nicht gehen. Dann stehen sie wieder am Fenster und gaffen.«

»Ich bring es schon weg.«

»Du bist wunderbar.«

Ilmi holte das Rad. Als sie am Fenster vorbeifuhr, klingelte sie und lächelte herüber.

»Ruf mich an. Ich kann ja mit dem Fahrrad irgendwohin kommen«, sagte Ritva.

»War es falsch, daß ich hierher gekommen bin?«

»Dummer Kerl. Natürlich nicht.«

»Aber so schön war es für dich nun auch wieder nicht.«

»Doch. Es war wunderschön.«

Lauri schlüpfte durch die Außentür in den Hof und ging an der Mauer entlang zur Straße. Er spähte durch die Schaufenster in den Laden, er hoffte, daß Ritva sich dort zeigen würde. Sie war nirgends zu sehen, das kränkte ihn ein wenig. Ilmi traf er auf der Straße, sie war schon auf dem Rückweg.

»Ich habs hingebracht«, sagte sie.

»Ich dank dir schön.«

»Aber ich habs gleich mit der Bahn weggeschickt. Ach wo, ich hab es hingestellt, es steht auf dem Vorplatz.«

Vor dem Bahnhof wartete ein alter Bekannter, ein Eisenbahner, der ihm ungelegen kam, weil er immer etwas Witziges hören wollte.

»Tag«, sagte Lauri. »Was gibts?«

»Was schon.«

»Schaust zu, wie die Züge ankommen und abfahren. Warst du angeln?«

»Hin und wieder.«

»Was gefangen?«

»Mal ja, mal nein.«

»Dann gehts dir wie dem Junggesellen bei den Witwen«, sagte Lauri und fuhr los. Er radelte gemächlich die

Straße entlang, auf der er am Morgen gekommen war. Sooft er Bekannten begegnete, hob er ein wenig die Hand, ließ sich aber nirgends auf Gespräche ein.

Zu Hause redete keiner ein Wort mit ihm. Das Essen hatten sie ihm hingestellt. Die Mutter ging in ihre Kammer und blieb auch dort.

»Was ist los?« fragte er.

Sie antworteten nicht.

»Ist was passiert?« fragte er, und es fiel ihm ein, daß sich jemand nach ihm erkundigt haben könnte.

»Die alte Lahtinen war hier. Sie wollte wissen, ob du zur Mühle fährst. Sie würde dann einen Sack Korn mit mahlen lassen. Sie sagt, wenn die Russen herkommen, wird es wohl eine Weile dauern, bis sie selbst hinfahren kann. Ich habe gesagt, ich weiß nicht, was du vorhast.«

»Schon gut, ich fahre.«

»Viel Mehl haben wir auch nicht mehr.«

»Ich hab doch gesagt, ich fahre. So, sie meint, die Russen kommen. Kanns wohl nicht erwarten.«

»Freu dich, hab ich zu ihr gesagt«, Kerttu lachte, »die mögen dicke Frauen. Da hast du Chancen.«

»Warum ist die Mutter schon in der Kammer?«

»Sie hat dich wegfahren sehen. Sie glaubt, du bist wegen irgendwas böse.«

»Aha! War jemand bei der Post?«

»Nein, du hattest doch das Rad.«

»Hat sich die Lahtinen darüber gewundert, daß ich zu Hause bin?«

»Du bist irgendwie abkommandiert, habe ich gesagt.«

»Denen brauchst du gar nichts zu sagen.«

»Iß jetzt.«

»Ich hab schon gegessen.«

»Aber wir haben es dir zurechtgemacht.«

»Danke, ich hab keinen Hunger.«

Lauri stieg auf den Boden und legte sich hin. Er hatte ein Gefühl in den Gliedern, als streichle und drücke Ritva ihn noch immer. Und als er sich im Halbschlaf auf die Seite drehte, machte er unwillkürlich neben sich Platz. Das Blechdach war den Tag über heiß geworden. Der Boden war warm und trocken. Später kam Wind auf, das Dach begann zu bummern und zu knacken. Um Mitternacht setzte leichter Regen ein. Es wurde ein Guß daraus, der polterte und prasselte auf dem Blech. Ein frischer Hauch ging durch den Dachboden. Es roch nach den Kleidern, die den Sommer über hier oben hingen. Vom Schlafplatz der Schwestern schlug der Duft warmer schlafender Frauen herüber. Die Esche am Hausgiebel zitterte, schwere Tropfen fielen auf den Rhabarber, es hörte sich an, als falte jemand große Kohlblätter.

10

Gegen elf in der Nacht ging Lauri auf die Koppel nach dem Pferd. Kerttu hatte es am Tag aus dem Wald geholt und dorthin gebracht; es riß manchmal aus.

Die Welt wirkte zweistöckig. Unten lagen in der Dämmerung die schwarzen Wälder und Äcker, in der Höhe waren weite helle Räume.

Als das Zaumzeug klirrte, hob das Pferd den Kopf und schaute herüber. Dann entfernte es sich am Zaun entlang. Die Koppel war schmal, sie zog sich bis zu den Lehmgruben, bis dorthin gab es eine Menge Baumstümpfe. Das Pferd kannte die Gefahr, es drehte sich um und kam in vollem Galopp auf Lauri zu. Erst wollte er sich ihm in den Weg stellen, doch dann sagte er sich, daß es wahrscheinlich eher zur Ruhe kam, wenn er ihm Zeit ließ. Es sprengte bis zum Ende des Zauns und wieherte das Haus an. Jetzt ließ es ihn auch herankommen; es rannte so spät davon, daß Lauri es fast an der Mähne erwischt hätte. Es galoppierte auf die Lehmgruben zu, mit einer Bravour, daß die Grasbüschel flogen. Dann kehrte es wieder um und trabte ihm entgegen, ganz selbstverständlich, obwohl er noch nicht einmal bis zur Mitte der Koppel gekommen war. Er entschloß sich, ihm diesmal doch den Weg zu verlegen, es würde ihn schon nicht umrennen. Das Pferd hat immer die schlechteren Nerven, es zuckt zurück und verletzt einen nicht. Es wechselte die Seite, und Lauri folgte ihm. Aber er trat in ein Loch und fiel hin, er hörte es nur noch vorbeistampfen. Jetzt wurde er wütend. Er begann zu fluchen und rannte ihm nach. Das Pferd wieherte. Diesmal lief er genau darauf zu und versuchte es mit Schnelligkeit. Wenn es ihn nur nahe genug heranließ, konnte er es packen, bevor es herum war und Tempo gewann. Das Pferd wußte nicht weiter, es ging durch den Zaun. Der Draht knirschte an den Pfählen und riß dann, die Enden schwangen summend durchs Gras und drehten sich zu Spiralen. Das trieb das Pferd zu panikartiger Flucht an. Erdbatzen flogen, die Pferdebeine rauschten, durch das Getreide. Die Nacht war gerade so dunkel, daß es den zweiten Zaun nicht erkannte. Es riß ihn um, der Draht sprang klingend, ein Ende verfing sich, das Pferd schleifte es ein Stück weit mit. Lauri blieb stehen und ließ es laufen. Das Pferd fiel aus dem Trab in den Schritt und fing an, vom Getreide zu naschen. Schließlich blieb es stehen und fraß.

Lauri schlug einen weiten Bogen, er wollte es zur Koppel zurückdrängen. Aber das Pferd ließ ihn nicht vorbei. Obwohl ein paar hundert Meter zwischen ihnen lagen, hielt es immer mit ihm Schritt. Die Kühe standen auf und liefen zum Haus. Lauri war immer noch schräg hinter dem Pferd, es hielt sich hartnäckig vor ihm. Schließlich gelang es ihm doch, ihm die Zügel über den Rücken zu werfen, sie blieben einen Augenblick auf der Kruppe hängen, dann rutschten sie ab, verfingen sich in den Hinterbeinen und zerrissen mit leichtem Knirschen, als es ausschritt.

Die Schwestern waren wach geworden, sie kamen auf den Hof herunter.

»Helft mir doch, verdammich! Sämtliche Zäune sind hin. Der Satan von einem Gaul reißt alles kaputt, die Kühe sind auch im Hafer.«

Kerttu ging in den Speicher und holte Brot. Das Pferd lief jetzt den Feldweg zum Wald hinunter, sie folgte ihm. Lauri blieb am Schuppen stehen. Das Pferd ließ sich nicht einfangen. Mitten auf dem Weg drehte es um und galoppierte zurück. Lauri drückte sich an die Schuppenwand, damit es ihn nicht sah. Als es heran war, sprang er mitten auf den Weg und breitete die Arme aus. Das Pferd ging in die Hinterbeine und preschte davon.

»Rasch, macht die Stalltür auf!« schrie Lauri. »Treibt es in den Stall!«

Raili war durch den Stall gelaufen, jetzt stellte sie sich zwischen den Stall und den Schuppen, aber das Pferd entwischte durch die Lücke zwischen Schuppen und Scheune.

»Habt ihr es?« rief Kerttu. Sie kam den Feldweg herunter.

Lauri zog den Kutschwagen zwischen Schuppen und Scheune.

»Schrei nicht so! Treib es lieber hierher!« rief er Kerttu zu und lief hin, um den weiten Zwischenraum zwischen Haus und Scheune zu versperren.

Das Pferd kam in den Hof getrabt wie beim letztenmal, zwischen Haus und Scheune hindurch. Wieder wandte es sich der Lücke zwischen Schuppen und Scheune zu, doch dort stand ein Wagen. Tänzelnd und mit erhobenem Schweif trabte es einen Kreis, wieherte und brach dann zwischen Schuppen und Stall aufs freie Feld durch.

»Hab keine Angst, es tritt dich nicht!« rief er Raili zu. »Ich kann nicht mehr. Was paßt du nicht auf, was bist du nicht stehengeblieben?«

Raili fing zu weinen an und ging ins Haus.

»Nein, nein, nein«, schrie Lauri. »Meinetwegen soll es draußen bleiben und sich überfressen, bis es platzt. Macht endlich und jagt wenigstens die verdammten Kühe aus dem Hafer!«

Kerttu lief aufs Feld. Lauri ging in den Stall, er setzte sich auf den Rand des Verschlags und zündete sich eine Zigarette an. Der Kuhstallgeruch beruhigte ihn ein wenig, aber nicht ganz. Mit der Faust schlug er ein Brett aus der Seitenwand des Verschlags, dann ein zweites, ein drittes. Und weil die Bretter am anderen Ende noch hängenblieben, trat er wütend mit dem Fuß danach. Durch das verstaubte Fenster sah er ein Stück von der Weide. Das Fenster war klein und tief unten.

Nach einer Weile kam Pferdegetrappel den Feldweg entlang. Der Pferdeleib verdunkelte das Fenster. Das Pferd ging im Schritt, es machte einen Bogen um den Holzschuppen und blieb dort vor der Tür stehen. Es beschnupperte erst die Schwelle, bevor es hineinging. Hinter der Tür stand ein Eimer mit Futterkartoffeln. Wie immer schob es im Vorbeigehen den Kopf hinein und stieß ihn um. Dabei las es eine Kartoffel auf, zermalmte sie und kaute noch daran, als es sich durch die Tür in den Stall schob. Die Hufeisen klirrten auf den Bohlen, Lauri hörte, daß eins lose war. Er saß auf dem Rand des Verschlags und wartete mit geschlossenen Augen. Das Pferd kam in den Verschlag und versuchte, die richtige Stellung zu finden. Es berührte ihn mit dem Maul und erstarrte.

»Ja, du Satan!« schrie er und sprang hoch, die Arme erhoben. Es ging nicht einen Zentimeter zurück, es hob nur den Kopf, so hoch es konnte, mindestens zwei Meter, fast bis an die Decke. »Jetzt krepierst du, du schwarzer Teufel!« schrie er und schlug zu.

Als er sich an dem Tier vorbei in den Flur schob, rührte es sich nicht. Er trat es von hinten mit dem Fuß, da ging es einen Schritt vor, kam aber gleich wieder zurück. Er verdrosch es mit dem, was ihm in die Hände fiel, erst mit der Mistforke, dann mit einem Stück Brett.

Als er hinausging, ließ er die Stalltür offen. Er wußte nicht, in welche Ecke Raili sich verkrochen hatte, um sich auszuheulen. Die Mutter war nicht in der Stube. Sonst war sie immer auf den Beinen, solange die anderen wach waren. Er ging wieder hinaus in den Stall, packte das Pferd bei der Mähne und führte es in den Holzschuppen. Als er ihm das Zaumzeug des anderen Pferdes anpaßte, stand es da wie ein Sägebock, es glaubte wohl, es solle noch einmal verdroschen werden. Aber als er ihm die Riemen über den Kopf streifte und nach hinten ging, um das Kumt zu holen, fing es an, Kartoffeln zu fressen.

Er spannte es vor den Gummiwagen, dann machte er

die Fuhre fertig. Er holte Sack um Sack vom Speicher und warf sie auf den Wagen. Es war heller geworden, die Sonne mußte bald aufgehen. Als Raili mit Blumensträußen aus dem Haus kam, schien die Sonne flach über die Erde, wie an allem vorbei.

»Was soll denn das Grünzeug?«

»Das sind Blumen für Vaters Grab.«

»Plag dich nicht allein mit den Säcken. Sag Jallu, er soll dir helfen. Ich würde ja selbst hinfahren, aber wenn sie kommen, um mich zu holen, wie sollen sie mich dort finden?«

Kerttu ging schon zum Melken, früher als sonst, weil sie es allein schaffen mußte. Mit dem Handwagen ging sie aufs Feld. Lauri holte ein Beil aus dem Holzschuppen. Er klopfte die Nägel in den losen Brettern des Verschlags gerade und schlug sie fest.

11

Es gab keinen Dünger, das Futter wuchs so spärlich, daß man den blanken Boden sah. Sooft er die Mähmaschine anhielt, kam das Rattern aus allen Richtungen zurück, das Echo vervielfältigte die Töne. An der Ecke der Feldscheune ging jemand hin und her. Auf einigen Stücken war das Futter schon zum Trocknen aufgehockt, aber so weit drüben, daß er nicht sehen konnte, wessen Stücke das waren. Der Nachbar mähte jenseits der Chaussee, hinter der Böschung, er sah nur den Kopf von ihm. Seine Frau stand auf der Chaussee, die Arme eingeschlagen, und schaute zu.

Am Himmel zogen Wolken auf, sie nahmen das Licht, und die Luft wurde feucht. Als er am oberen Wiesenrain anlangte, stieg er vom Sitz und schaute nach, ob es regnen würde. Da sah er auf seinem Hof ein schwarzes Personenauto stehen. Er klappte den Mähbalken hoch und fuhr geradenwegs nach Hause, gleich über den Graben. Am Fluß unterhalb der Sauna war ein Stück Wiese schon abgemäht. Dorthin brachte er die Pferde und ließ sie grasen. Das Auto war ein Zivilwagen, aber es fuhr mit Benzin, es hatte keinen Holzvergaser. Der Nummer nach mußte es aus Häme sein. Er schaute hinein, als er vorbeiging, konnte aber nichts Besonderes entdecken. In der Stube brannte Licht, die Mutter und die Schwestern saßen drinnen am Tisch und tranken Malzkaffee. Wortlos holte Raili eine Tasse für ihn und füllte sie.

»Na«, fragte er, »was ist das für ein Auto?«

»Das gehört Niilo Ruohonen.«

»Und wo ist er?«

»Am Fluß.«

Er trank seinen Kaffee und ging wieder hinaus, sah nach den Pferden und schlenderte zum Fluß. Niilo stand einen halben Kilometer weiter unten an der Flußbiegung, er angelte.

»Grüß dich«, sagte er.

»Beißen sie?« fragte Lauri.

»Nein«, sagte er. Dann zog er eine dicke Plötze aus der Jackentasche und zeigte sie ihm. Er hatte einen guten Anzug an, steckte den Fisch aber wieder in die Tasche. »Ich war bei den Jokelas.«

»Wer ist dort krank?«

»Die alte Bäuerin.«

»Was fehlt ihr denn?«

»Ich muß noch mal hin, muß ihr eine Spritze geben. Ich habe gesagt, sie sollen hier anrufen, wenn etwas passiert.

Ich hatte weder Lust, nach Hause zu fahren, noch mochte ich dort bleiben, sie waren alle so nervös. Rauchst du?«

Sie rauchten. Die Hände des Arztes waren sonderbar bleich, anscheinend wusch er sie dutzende Male am Tag. Er war in Einos Alter, war mit ihm zur Volksschule gegangen und eine Zeitlang häufig zu ihnen gekommen, zum Schachspielen. Damals war er schwer herzkrank und mußte mit einem Schrittzähler am Bein herumlaufen. Wegen dieser Herzkrankheit war er nicht eingezogen worden, wahrscheinlich hatte er deshalb auch nicht geheiratet.

»Ich hab deine Angel genommen.«

»Mit der Angel holst du hier nichts raus. Du mußt schon einen Fischzaun aufstellen.«

»Mach das doch mal. Die Fische nehme ich dir ab. Ich dürfte eigentlich gar nichts anderes essen als Fisch, wegen meiner Herzgeschichte.«

»Macht sie dir noch zu schaffen?«

»Eigentlich nicht, bloß manchmal bummerts mit hundertdreißig.«

»Das hat auch sein Gutes gehabt, du mußtest nicht an die Front. Aber dich hätten sie ja sowieso bloß als Arzt eingezogen.«

»Das stimmt. Ich bin ganz zufrieden, daß ich nicht hin mußte.«

»Scheiße, das Ganze.«

»Na, deshalb nicht. Aber ich hab auch hier was auszuhalten, verflucht noch mal. In Suvi habe ich noch eine Praxis. Eigentlich sind das zwei Kreise. Wenn der Krieg schon vorbei wäre, ich würde einen Zettel an die Tür hängen, würde losfahren und mich drei Monate nicht blicken lassen.«

»Er wird bald vorbei sein. Lange halten sie das Tempo nicht durch.«

»Die Russen?«

»Die auch nicht.«

»Herrgott, wenn die Amerikaner uns bloß den Krieg erklären würden! Jammerschade, daß wir mit denen nicht im Krieg sind. Wir würden bedingungslos kapitulieren. Sie könnten alles haben, das ganze Land. Ich würde nicht drum trauern.«

»Aber die von uns könnten ihnen doch den Krieg erklären.«

»Das machen die Idioten nicht. Die sind so vertrottelt, so bierernst, auf den Trick kommen die nicht.«

»England hat uns den Krieg erklärt. Was haben wir davon?«

»Ja, aber wenn wir es getan hätten, wäre England viel erboster, viel ernster bei der Sache. Wir müßten allen Ländern den Krieg erklären, dann wird es ein Frieden mit allen. Dann werden sie den Genossen Russen sagen: Freund, du kannst nicht alles kriegen. Wir haben mitgemacht, wir wollen auch was haben. Aber das kapieren sie nicht, unsere finnischen Herren.«

»Unsere haben doch keinem den Krieg erklärt.«

»Stimmt das?«

»Das stimmt. Aber die anderen haben es alle getan, einschließlich Nikaragua.«

»Na, dann hat es ja keine Not.«

Der Arzt schulterte die Angel und brach auf.

»Ich muß zur alten Jokela, muß sie in den Hintern pieken.«

»Komm mal wieder vorbei. Ich stelle einen Fischzaun auf.«

»Mach das, wenn du ein Kerl bist. Ich komme und hol mir die Fische. Machs gut.«

Lauri ging zu den Pferden und nahm sich das Stück am Ufer vor. Er sah Niilo ins Haus gehen, dann kam Raili heraus, verschwand im Speicher und holte etwas. Niilo kam noch einmal zu ihm aufs Feld.

»Sie haben mir Mehl und ein Stück Butter mitgegeben. Sie sagen, ich soll das bei dir bezahlen.«

»Ach, was weiß ich.«

»Sag schon, genier dich nicht. Zehn Pfund Weizenmehl und ein Pfund Butter.«

»Du wirst die Preise wohl kennen. Ich hab nie was schwarz verkauft. Mir ist das egal.«

»Das wird ein bißchen teuer, wenn ich die Preise nenne und auch noch bezahle.«

»Dann gib einen Hunderter.«

»Das ist kein Preis. Das ist gar nichts.«

»Dann gib, was du denkst.«

Er gab ihm fünfhundert Mark.

»Ich hab Raili gefragt, ob sie nicht mal bei mir saubermachen könnte. Ich würde sie mit dem Wagen abholen, ich fahre sowieso hier vorbei. Sie will es machen.«

»Wir müssen nur zusehen, daß wir das Futter aufgestockt kriegen.«

»Ach was, laß sie bloß kommen. Bei mir liegt der Dreck von drei Monaten.«

»Du solltest dir eine Wirtschafterin nehmen oder ein Dienstmädchen.«

»Ja, weißt du, ich bin Junggeselle. Wenn ich mir ein Dienstmädchen nehme, sagen alle, ich brauche sie fürs Bett. Und eine Wirtschafterin würde mir meinen Kram nicht in Ordnung halten. Du verstehst?«

»Ich verstehe.«

»Eine Fremde kann ich mir auch nicht nehmen, wo bei mir die Instrumente rumliegen und all das Zeug.«

Als Niilo fort war, ging Lauri ins Haus. Die Frauen wollten sich schon hinlegen.

»Hör mal, du gehst nicht dorthin und räumst dem seinen Dreck nach«, sagte er zu Raili. »Du bist keine Magd, hörst du! Überhaupt, ich kann mir das Reinemachen bei dem ganz gut vorstellen.«

»Warum sollte ich nicht hingehen, ich bin schließlich erwachsen.«

»Die Leute werden sich das Maul zerreißen.«

»Ich habe es ihm versprochen.«

»Schön, wenn du dich drum reißt, tu, was dir paßt. Ich wollte dich nur aufklären, damit es nachher nicht heißt, es war Dummheit, wenn er seinen Willen kriegt. Von mir aus laß dich nur ein mit den Herren.«

Als er hinausging, hörte er die Frauen oben reden.

»Geh ruhig hin«, sagte Kerttu. »Pfeif auf das, was Lauri sagt. Er meints nicht ernst. Der muß jetzt überall was dagegen haben.«

»Aber wie kann er mir so etwas vorhalten«, sagte Raili.

»Mach dir nichts draus. Die Ritva muß die Beine über Kreuz gelegt haben, als er neulich dort war. Zwei Wochen ist er schon nicht mehr bei ihr gewesen.«

Es ging auf Mitternacht zu, auf die dunkelste Zeit. Die Gebäude hoben sich vom Himmel ab. Eine Weile sahen sie wie Kulissen aus, dann wurden sie wieder dreidimensional. Das Rasseln einer Mähmaschine war zu hören, mal von links, mal von rechts. Sooft es von links kam, hätte Lauri gewettet, daß der Nachbar seine Wiese abmähte. Der Fluß gab keinen Laut von sich. Zum erstenmal wurde ihm bewußt, daß er lautlos war. Weiter drüben schimmerte ein heller Streifen, hier auf dieser Seite war das Wasser dunkel. Er fand, daß die Nacht an der Front das gleiche Dämmerlicht hatte, und er dachte daran, daß der Vuoksi jetzt genauso dahinfloß und daß die Männer dort wie immer in den Stellungen lagen, in den Äckern, in den Wäldern, am Fluß, in der Nähe der Gebäude und auch sonst überall. Dann fiel ihm ein, was die Schwestern über Ritva gesagt hatten, und er mußte lachen. Weiß der Teufel, die Weiber schnappen auch die derbsten Ausdrücke auf. Alles kennen die, das steht fest. Eine Frau kann noch so fein tun, sie kennt doch alle Derbheiten. Dann sagte er sich, daß Niilo wohl doch nicht vorhatte, Raili reinzulegen. Ein Mann, der sich einen Fisch uneingewickelt in die Anzugtasche steckt, denkt nicht an so was.

Gegen Morgen brachte er die Pferde in den Stall und legte sich hin. Als er an den Schwestern vorbeiging, sah er, daß sie unter einer Decke lagen und wie im Takt abwechselnd atmeten. Bevor er sich ausstreckte, saß er auf dem Bettrand, die Stiefel in den Händen. Die Sonne fiel waagerecht durch das Fenster, die Blätter der Eberesche hoben sich als Scherenschnitte von der Faserplatte ab. Sie waren wie schwarze Hände. Und das Licht war rot wie Kreppapier. Er hatte das Gefühl, seine Schädeldecke läge gleich über den Augen und durch seinen Kopf wehe ein ständiger Wind. Doch hätte er sagen müssen, woher dieser Wind kam, dann hätte er gemerkt, daß er das nicht wußte.

12 Sie fuhren das Heu früher ein als andere. Kerttu reichte herauf, Raili packte. Anfangs hatten sie mit zwei Pferden eingefahren: Lauri lud die Fuhren auf der Wiese und fuhr sie in die Scheune. Raili lud ab, während er draußen schon das nächste Fuder fertigmachte. Aber dann stieg der Rand in der Scheune immer höher, einer mußte ständig auseinandertragen und festtreten.

Am Nachmittag brachte die Mutter ihnen Kaffee heraus. Sie tranken ihn am Giebel, im Schatten. Alle waren schweißgebadet, die Fliegen umschwärmten sie. Sie hatten die Hände nicht frei und konnten sie nicht wegscheuchen. Am Scheunentor waren alle Fuhren vermerkt, die in den letzten zwanzig Jahren eingefahren worden waren, vier Striche senkrecht, einer quer. Sogar die Jahreszahlen standen dabei. Die von 1938 war in einer schönen flüssigen Handschrift ausgeführt, Einos Braut hatte sie gezogen, eine Sekretärin. Eino hatte bei ihren Leuten gewohnt, als er auf der Fortbildungsschule war. Damals lief er in Shorts herum und rauchte, aber heimlich, die Mutter durfte es nicht sehen.

Die Luft war diesig, sie verwischte die Umrisse und vergrößerte die Entfernungen. Die Hügel über den Wäldern hatten die Farbe blauen Tabakrauchs. Am Scheunengiebel wucherten Brennesseln.

Die Mutter ging in die Scheune, um sich das Heu anzusehen.

»Na, Mutter, sieht doch nach was aus. Da können die Kühe fressen.«

»Ganz schön«, sagte die Mutter.

»Habt Ihr die Tür abgeschlossen?« fragte Kerttu.

»Hab ich.«

Raili lag auf dem Rücken, die Arme über den Augen. Lauri strich ihr mit einer Brennessel über den Arm. Sie zuckte zusammen und setzte sich auf.

»Hast du geschlafen?«

»Ich?«

»Wir sollten uns alle ein Weilchen hinlegen«, sagte Kerttu. »Wer hindert uns daran?«

»Wie kommt es bloß, daß ihr so müde seid?« fragte Lauri.

»Herrgott, geh du um fünf melken und verzieh dann Zuckerrüben bis um zwölf.«

Die Mutter stellte die Tassen in den Korb und ging. Sie rannte fast.

»Warum hat sie es plötzlich so eilig?« fragte Lauri.

»Bestimmt hat sie vergessen, die Tür abzuschließen«, sagte Kerttu.

»Das ist doch kindisch. Wenn jemand einbrechen will, laßt ihn ruhig wegschleppen. Schlösser halten solche Burschen auch nicht ab. Die suchen ja gerade solche Stellen, die hinter Schlössern liegen. Glaubt ihr, die haben keinen Grips?«

»Wenn die Mutter allein zu Hause ist, schließt sie immer ab. Das hab ich gemerkt, als ich mal was holen sollte.«

Die Mutter war am Haus angelangt und verschwand darin.

»Die Faulen füttert der liebe Gott nicht«, sagte Lauri.

Er fuhr mit Kerttu aufs Feld. Raili blieb im Gras liegen, sie wartete auf die nächste Fuhre, sie wollte über den Wagen auf den Heuberg in der Scheune klettern. Gerade als Kerttu die ersten Gabeln Heu auf den hinteren Teil des Wagens legte, kam die Mutter hinter dem Haus hervor und rief etwas.

»Warte, was ruft die Mutter?«

»Lauri, ans Telefon!« rief Raili von der Scheune her.

»Mist, verdammter! Was ist jetzt wieder?«

Er sprang vom Wagen und lief am Roggen entlang zum Haus. Die Mutter sah ihn nicht kommen, sie blieb auf dem Feldweg stehen. Als er die Tür erreichte, war sie verschlossen. Drinnen klingelte das Telefon. Er tastete den Türrahmen nach dem Schlüssel ab, doch der war nicht da.

»Mutter, wo ist der Schlüssel?« rief er, aber die Mutter schaute hinüber zum Heuwagen. Er lief um das Haus und fand ein offenes Fenster. Das Telefon war verstummt. Er nahm den Hörer ab und horchte. Nichts. Dann drehte er die Kurbel. Hilja meldete sich sofort.

»War da eben ein Gespräch für uns?«

»Ja.«

»Woher kam es?«

»Das hab ich mir nicht gemerkt.«

»Wer war es? War es ein Mann?«

»Nein.«

»Dann war es eine Frau?«

»Ja doch.«

»Verbinden Sie mich mit dem Laden, mit Reinos Laden.«

Eine männliche Stimme meldete sich.

»Ist Fräulein Heino da?«

»Ritva, es ist für dich«, hörte er.

»Wer ist es?« fragte eine Stimme von weitem.

»Hat sich nicht vorgestellt.«

»Hallo?«

»Hast du eben angerufen?«

»Ja.«

»Herrje, ich war beim Heuladen. Ich bin gerannt, was ich konnte, die Mutter hat mich gerufen.«

»Du klingst so fremd, gar nicht wie sonst. Ich verstehe dich schlecht.«

»Weil Hilja in der Leitung ist, sie hört mit. Ist viel Betrieb bei euch?«

»Es reicht.«

»Ich hätte dich längst anrufen sollen, aber wann hatte ich denn Zeit? Ich bin auf dem Acker, bis abends um neun, um zehn.«

»Am Sonntag habe ich gewartet.«

»Ging nicht. Da mußte ich im Wald trocknes Holz suchen, weil keine Feuerung mehr da war. Ich mußte es, wie ein Armer sterben muß. Ich weiß nicht, wie lange ich noch bleiben kann.«

»Ich wollte dir schon schreiben, weil du dich nicht gemeldet hast.«

»Warum kommst du nicht her? Ich habe darauf gewartet, daß du kommst.«

»Was sollen die von mir denken?«

»Die denken gar nichts. Komm ruhig.«

»Wann?«

»Wann es dir paßt.«

»Ich mag nicht hinkommen.«

»Warum nicht?«

»Aber versteh doch, weil ich nicht ihretwegen . . .«

»Die werden dich nicht auffressen. Wenn du sie nicht sehen willst, sage ich ihnen, sie sollen solange woandershin gehen, jemanden besuchen oder so. Hallo!«

»Ja?«

»Bist du noch da?«

»Ja.«

»Habt ihr viel zu tun?«

»Es reicht.«

»Und was wird nun?«

»Ich weiß noch nicht.«

»Dann komm heute abend. Ich warte. Komm auf den Hügel mit dem Vermessungsturm. Kennst du den?«

»Und wann?«

»Wann du willst.«

»Um sieben.«

»Gut, dann um sieben.«

»Wirst du auch da sein? Ich meine, hast du nichts Wichtigeres vor?«

»Wenn sie mich nicht umbringen oder einsperren . . .«

»Was sagst du? Ich verstehe so schlecht.«

»Ich sagte, ich komme.«

»Was?«

»Ich warte auf dich, die Hand am Herzen.«

Er ging durch die Stube in den Flur, aber die Haustür war abgeschlossen. Durch die Glasscheibe der Tür sah er die Mutter über den Hof kommen. Den Schlüssel hatte sie nicht auf dem Türrahmen, sondern an der Fahnenstange im Blumenbeet versteckt. Sie zog ihn aus dem Sand.

»Jetzt weiß ich wenigstens, wo der Schlüssel liegt«, sagte er, als die Mutter die Tür aufmachte.

»Was?«

»Ihr versteckt ihn im Blumenbeet.«

»Wieso?«

»Ihr habt ihn doch eben dort weggenommen.«

»Ach was, ich hab bloß ein bißchen Unkraut weggerupft.«

»Wer hat vorhin angerufen?«

»Es war eine Frau, ich weiß nicht, wer. Sie fragte nach dir.«

»Ihr hättet sagen sollen, ich bin im Heu.«

»Das habe ich gesagt.«

»Hat sie es nicht geglaubt?«

»Sie hat gesagt, daß sie was Wichtiges für dich hat.«

»Was das ist, hat sie nicht gesagt?«

»Es ist mir nicht eingefallen, danach zu fragen.«

»Wenn sie sonst nichts gesagt hat, war es auch nichts Wichtiges.«

»Wie bist du hergekommen, ich hab dich gar nicht gesehen.«

»Am Roggen entlang.«

»Und ins Haus?«

»Durch das Stubenfenster. Ich habe das Fliegennetz eingedrückt. Jetzt sind drinnen überall Fliegen.«

Er ging durch den Beerengarten zurück, wo die roten Johannisbeeren in Trauben wie Klumpen an den dünnbelaubten Ästen hingen, die kleinsten und die angepickten waren schon rot. Winzige schwarze Mücken oder Fliegen schwärmten darüber. Als er mit der Hand durch den Schwarm fuhr, zerquetschte er etliche, sie blieben an der Haut kleben. Die Mutter schaute ihm nach.

»Die Johannisbeeren sind bald reif«, rief er ihr zu.

»Die Stare holen sie doch.«

»Ich bestelle jemanden her, der sie abpflückt, wenn die Schwestern keine Zeit haben.«

»Wann kommen sie schon dazu?«

»Also gut.«

»Wen denn?«

»Das seht Ihr dann schon. Eines Abends kommt jemand, sobald sie reif sind.«

»Das ist in ein paar Tagen.«

»Die Stare kriegen sie jedenfalls nicht.«

Kerttu saß hinter einem Heuhaufen im Schatten. Sie hatte Kopfschmerzen. Als sie aufstand, mußte sie brechen.

»Du kannst ruhig nach Hause gehen. Ich mache noch, was ich schaffe.«

»Ach was, steig auf, es geht schon.«

»Gib die Gabel her und verschwinde!«

»Hat es noch geklappt?«

»Es war nichts Wichtiges.«

»Wer war es?«

»Du bist neugierig wie eine Elster.«

»Ich kann es mir schon denken.«

»Erraten. Genau die, die immer die Beine über Kreuz legt.«

Kerttu schlug mit dem Kopftuch nach ihm. »Du hast gelauscht.«

»Ich habe mit der Mutter gesprochen, sie könnte herkommen und die Johannisbeeren abpflücken. Ihr schafft das doch nicht. Sie verfaulen an den Sträuchern, wie jedes Jahr.«

»Das ist gut. Aber ich habs schon lange gewußt. Wenn sie zu grüßen anfangen, steckt immer was dahinter. Seit einiger Zeit grüßen sie Raili und mich und lächeln so verständnisvoll.«

»Sie sind eben gut erzogen.«

»Sie hat schon im Winter gegrüßt.«

»Was du nicht sagst. Da muß sie es schon im voraus gewußt haben. Vielleicht war sie bei der Wahrsagerin.«

»Ich frage mich bloß, woher sie uns kennen. Sie müssen sich erkundigt haben.«

»Wer kennt euch nicht!«

»Wahrscheinlich sind sie nach der Ähnlichkeit gegangen.«

»Ich habe ihnen Fotos von euch gezeigt.«

»Ich möchte bloß wissen, ob du mit denen auch so redest? Bestimmt nicht. Bei denen hörst du dich sicher an wie durch Blumen und Orchideen.«

»Laß das Getue, meine Orchidee. Oder bist du mein Heideröslein? Wenn dir ein Hengst Rosen ins Ohr träufelt, dann machst du auch kein Getue mehr.«

»Ist es dir richtig ernst?«

»Ja, wer wird denn in meinem Herzen wühlen?«

»Was sie dir wohl so erzählen mag . . .«

»Ach, Liebchen, lauf ins Haus und hol die Zeitung, da steht alles drin.«

13

Als die Mädchen um fünf zum Melken gingen, fuhr Lauri das Heu in die Scheune am Waldrand, die noch leer stand. Dort brauchte er keine Packerin, es genügte, wenn er das Heu hinunterwarf, auseinandertrug und festtrat. Zuerst nahm er das vom Chausseerand, das staubig und sandig war. Er nahm alle sechs Reihen auf einmal, er fuhr mitten hindurch und warf das Heu von beiden Seiten auf den Wagen. So bekam er von zwölf Hocken ein ganzes Fuder. Von den einzelnen Reihen machte er dann weitere sechs. Das zweite Pferd, das schwarze, kam aus dem Wald an die Scheune, es folgte ihm bis an die Chaussee und wieherte über den Zaun. An der Scheune reichte der Waldschatten schon zwanzig Meter in die Wiese, und die Schatten der Stangen langten von einer Reihe zur anderen. Wenn er zur Scheune fuhr, sah er alle Schattenseiten, und fuhr er zum Aufladen, lag alles im Licht.

Das Klappern der Milchkannen war einen ganzen Kilometer weit zu hören, als die Schwestern vom Melken zurückkamen. Es mußte schon sieben sein. Er stellte den Wagen in die Scheune und ließ das Pferd in den Wald laufen. Gleich hinter dem Gatter wälzte es sich, dann trabte es zu den Lehmgruben, dort war ein Teich. Als es den Waldweg kreuzte, auf dem noch Sonne war, schwebte ein meterhoher Fliegenschwarm über seinem Rücken. Die Fliegen blitzten in der Sonne wie Regentropfen. Er stieg über den Zaun und ging durch den Wald zum Hügel. Der war so hoch, daß er schon einen halben Kilometer davor das Gefühl hatte, an seinem Fuße zu stehen. Es lagen aber noch ein paar Hektar Sumpf dazwischen, mit einem Teich in der Mitte, der von weitem wie ein Auge aussah. Drei, vier sonnenbeschienene Kiefern und ein Stück Himmel spiegelten sich darin wider. Die Kiefern standen kopf. Er versuchte nicht erst, herauszukriegen, welcher Wipfel zu welchem Bild gehörte. Der Hügel war steil, fünfzig oder gar sechzig Grad. Am Hang mußte er die Füße seitlich stellen. Es wuchsen ganz gewöhnliche Kiefern dort oben, wie sie auch im lichten Wald stehen. Sie streckten die Äste nach allen Seiten; wo sie aneinandertrafen, sahen sie von unten wie Radhälften aus.

Der Vermessungsturm stand hundert Meter jenseits des Hangs auf der Kuppe des Hügels. Er war schon alt und verwittert, die untersten Stufen hatten sie abgemacht, damit keiner hinaufkletterte. Ringsum lagen große Steine, die halb in der Erde steckten. Nach Westen zu dehnten sich weite Äcker, im Osten sah man das Auf und Ab der

Wälder. Nach beiden Seiten reichte der Blick an die zwanzig Kilometer weit. Die Sonne stand noch hoch über dem Horizont.

Ein paar Schritte weiter sah er die Bahnstation. Der Giebel des Hauses, in dem der Ladenbesitzer wohnte, hob sich deutlich ab.

Ritva war blaß vom Heraufklettern. Sie trug ein weißes Kleid mit schräglaufenden blauen Streifen, die an ihrer linken Schulter endeten. Der Ausschnitt war viereckig, und darin zeichnete sich der Kragenausschnitt ihres Arbeitskittels ab, ein brauner Hautkeil, der unten spitz zulief. Daneben war die Haut weiß. Sie trug keine Strümpfe, und um das Haar hatte sie ein Band geschlungen.

»Sei nicht böse, daß ich in Arbeitssachen komme«, sagte Lauri. Er ging auf Tuchfühlung, weil er nicht wußte, was er noch sagen sollte. Sie küßten sich, Ritva war so außer Atem, daß sie zwischendurch husten mußte und nach Luft schnappte. Lauri hielt sie an den Armen, er drückte ein wenig fester, doch er spürte die Knochen nicht, er spürte nur, wie sich die Muskeln bewegten.

»Ich mußte mir Ilmis Rad borgen.«

»Komm, setzen wir uns hierher. Ich weiß ein schönes Plätzchen für uns.«

Sie setzten sich an einen großen Stein, die Gesichter schräg der Sonne zugewandt. Der Turm stand hinter ihnen. Als Ritva die Knie anzog, rutschte der Rock hoch, und sie ließ ihn rutschen. Ihre Schenkel waren weiß, die Adern schimmerten grün. Sie legten sich so dicht an den Stein, daß Lauri mit der Schulter anstieß. Sie sprachen die ganze Zeit kein Wort. Dann setzten sie sich wieder hin, und Lauri zündete sich eine Zigarette an.

»Wo hast du sie hingetan?« fragte Ritva.

Lauri rückte beiseite und schaute nach. Er saß darauf. Ritva nahm sie rasch weg und versteckte sie. So etwas erinnert immer an frühere Geschichten. Frauen verhalten sich darin immer gleich. Solange sie kleine Mädchen sind, ärgern die Jungen sie damit, daß sie angeblich zu sehen sind.

»Hatte es einen besonderen Grund, daß du heute angerufen hast?«

»Es war gerade niemand im Laden, da dachte ich, das ist ein günstiger Augenblick. Erst hinterher fiel mir ein, daß du nicht zu Hause sein konntest. Und dann war plötzlich der Laden voller Leute.«

Auf einmal sah Ritva ganz anders aus. Irgendwie fremd. Er hatte das verrückte Gefühl, daß gar nicht der ganze Mensch vor ihm saß, sondern eigentlich nur so wenig, daß sie jeden Augenblick aufhören konnte zu existieren. So etwas dauert nur Sekunden, aber es packt einen immer wieder. Und sie mußte das auch gespürt haben. Sie drehte sich um und sah ihn an, ein wenig verwundert, als wäre er ihr die Antwort auf eine ganz einfache Frage schuldig geblieben.

»Ist was?« fragte Lauri.

»Nichts, nichts.«

»Verdammich, aber eins verstehe ich wirklich nicht. Wundert es dich gar nicht, daß sie mich so lange hierlassen?«

»Was zerbrichst du dir den Kopf darüber?«

»Ich zerbreche mir nicht den Kopf. Ich war lange genug dort, ich sehne mich nicht wieder hin. Wenn aber bei ihnen was schiefgelaufen ist, werden sie am Ende noch fuchtig. Dann sagen sie, ich hätte merken müssen, daß was nicht stimmt, daß ein Mißverständnis vorliegt. Eigentlich sollte ich mit dem Uotila Verbindung aufnehmen. Aber ich habe ihn noch nicht einmal angerufen.«

»Du mußt dort anrufen. Ruf an und sags ihm.«

»Ach was, der Uotila hat davon keine Ahnung. Dort geht alles drunter und drüber, sie kennen sich selbst nicht mehr aus, und das wird immer schlimmer. Was geht mich das eigentlich an? Ich bin kein Polizist. Ich kriege nicht mal Lebensmittelkarten. Ich brauche auch keine. Tabak ist das einzige, was mir fehlt.«

»Hast du nichts zu rauchen? Ich hätte dir was besorgen können.«

»So schlimm ist es nicht. Meine Schwestern haben Karten. Sie bekommen Zigaretten für mich und für meinen Bruder, und selbst rauchen sie nicht.«

»Du bist schrecklich mager geworden.«

»Das macht die Hetzerei bei der Arbeit und die Wärme. Bißchen mager war ich schon immer. Ich werde nicht dick. Ich habe kurze Därme.«

Die Sonne hatte den Rand der Hügelkuppe erreicht. Der Wald war von Dunkelheit erfüllt, die sich in den schmalen Streifen der Schatten von astlosen Stämmen über Steine und Gras ausbreitete. Dann verschwand die Sonne, und alles war wieder am alten Platz und dreidimensional. Es war windstill. Der Zigarettenrauch hing in der Luft wie ein dicker Betonbrocken. Ritva zog den Rock über die Knie.

»Frierst du?«

»Nein.«

»Du hast auch noch nichts unter.«

Sie legten sich noch einmal hin. Diesmal dauerte es so lange, daß Lauri die Kraft ausging. Er mußte mittendrin aufhören. Ritva blieb noch liegen, den Arm über dem Gesicht und die Augen geschlossen. Dann stand sie auf und verschwand hinter dem Stein, um sich anzuziehen. Als sie wieder neben ihm saß, hatte sie eine Gänsehaut auf Armen und Beinen.

»Du hast schon eine Gänsehaut. Es ist Zeit, daß wir gehen.«

»Es ist wirklich ein bißchen kühl.«

»Ich habe unseren Frauen gesagt, du kommst und pflückst unsere Johannisbeeren. Komm ruhig, dann siehst du gleich wie es bei uns ist.«

»Das möchte ich nicht.«

»Warum nicht?«

»Das ist doch nichts.«

»Sie denken eigentlich alle recht gut von dir. Sie kennen dich doch, jedenfalls meine Schwestern. Ihr grüßt euch ja auch.«

»Ich kenne sie nicht.«

»Aber sie sagen es.«

»Ich grüße alle, die bei uns kaufen.«

»Schön. Dann solltest du sie kennenlernen.«

»Ich brauche keine Beeren. Wo soll ich sie lassen?«

»Deshalb hetze ich dich nicht hin. Glaubst du, ich sage, du sollst die Beeren pflücken, damit die Stare sie nicht kriegen? Von mir aus könnten die Dinger beim Teufel auf der Dachrinne wachsen. Mir geht es darum, daß ihr euch kennenlernt.«

»Aber nicht jetzt, diesmal noch nicht.«

»Wann denn?«

»Das kommt schon noch. Ich finde, es ist einfach noch zu früh.«

»Wie meinst du das?«

»Bloß so.«

»Gut, lassen wir das. Ich dachte bloß, es wäre schön, wenn wir uns öfter treffen könnten.«

»Wir können uns auch woanders treffen.«

»Nur daß meine Zeit ziemlich knapp ist.«

»Ich werde kommen.«

»Und eines Tages muß ich so plötzlich weg, daß ich dir nicht mal auf Wiedersehen sagen kann.«

»Beschrei es nicht.«

»Schon gut, schon gut. Machen wir lieber ab, wann du wiederkommst. Es muß nicht hier sein. Es gibt auch andere Plätze.«

»Mir gefällt es hier.«

»Dann sag, wann du wiederkommst. Paßt es dir morgen?«

»Ich weiß noch nicht. Ich bin auch nicht ganz frei, ich auch nicht. Ich muß abrechnen und Marken aufkleben.«

»Übermorgen?«

»Das kann ich jetzt noch nicht sagen. Ruf nachmittags an, da ist es ruhiger.«

Sie brachen eingehakt auf, doch der Hang war so steil, daß sie einander loslassen und einzeln hinuntersteigen mußten. Ritvas Rad stand am Weg in den Büschen. Lauri holte es und schob es. Die Baumwipfel waren schon schwarze Silhouetten, das Braun der Stämme sah man nur noch von ganz nahe. Die Luft war kühl, die Hände rutschten ganz von selbst in die Taschen. Über dem Sumpf hingen flache Nebelschwaden, die in den Wald hineinlangten. Sie hingen in Kopfhöhe, wer hindurchging, lief die ganze Zeit im Dunst. Die Gesichtshaut spürte die Kühle am deutlichsten, wie sie morgens auch zuerst die Sonnenwärme spürt. Ritvas Kleid war wie eine Kreidezeichnung auf einer schwarzen Tafel.

Sie stiegen über einen Stacheldrahtzaun und kamen in den Weidewald, wo es nach Kuhmist roch. Der Pfad folgte dem Kamm eines flachen Hügels. Der Boden war wie eine Matte aus Moosen und Flechten. Es raschelte unter den Füßen, als ginge man über eine dünne Eisdecke, die jeden Augenblick zu brechen droht. Sie liefen nebeneinander, das Rad zwischen sich, jeder auf einem Wegrand.

An einem Kiefernstumpf hockte ein Igel. Ritva sah ihn nicht, obwohl Lauri ihn ihr zeigte. Er ging hin, brach eine Gerte ab, schlang sie um den Igel und brachte ihn ihr.

»Sieh mal.«

»Schaff ihn weg. Laß ihn laufen.« Ritva erschrak und streckte die Hände vor.

»Das ist ein gutes Tier. Er hat ein komisches Gesicht, aber er zeigt es nicht. Er tut dir nichts.«

»Schön, aber schaff ihn wieder weg. Am Ende findet er nicht zurück.«

»Der ist nicht so dumm. Wenn ihr dort im Magazin Ratten habt, nimm ihn mit. Der räumt auf.«

»Hör doch, er jammert schon. Laß ihn laufen.«

»Ich schenke ihn dir.«

Lauri klemmte den Igel unter die Feder des Gepäckträgers.

»So wird er ganz platt gedrückt. Nimm ihn runter.«

»Eben nicht. Nimm ihn mit. Er gewöhnt sich rasch an den Menschen, in ein paar Tagen ist er zahm.«

Als sie auf den Fahrweg kamen, nahm Lauri den Igel vom Gepäckträger und ließ ihn fallen. Er kam auf die Beine und lief los, raschelnd wie ein Mann im neuen Regenmantel. Ritva stieg auf das Rad. Lauri lief nebenher und schob sie, die Hand auf ihrem Rücken.

»Komm dann übermorgen.«

»Wenn ich kann.«

»Geh einfach los. So würde ich es machen«, sagte Lauri. »Und jetzt fahr, daß du zu Ilmi kommst. Ich glaube, du bangst dich schon um sie. Grüß sie schön.«

Ritva stieg vom Rad, sie küßten sich.

Der Igel kroch noch dort auf dem Weg umher, wo er ihn hatte fallen lassen. Der Weg war im Frühjahr überschwemmt gewesen, er war steinhart.

14

Der Roggen war schon eingefahren. Der Haferschlag lag am Fluß. Der Hafer war niedrig dort, kurz und gelblich. Die Gerstenähren zeigten schräg nach oben, sie sahen aus wie kleine Rauchwolken, wenn die langen, feinen Grannen im Wind spielten.

Lauri räumte die Tenne auf. Er schob die Maschine in den leeren Heuschuppen oder unter das Speicherdach, schaffte Streu in die Schweinebuchten und in den Verschlag des Bullen. Dann kam er dazu, die Dreschmaschine zu schmieren und die Gebläserohre anzubringen. In der Ecke stand noch die alte Dreschmaschine, mitten in einem Streuhaufen. Es kostete ihn Mühe, das letzte Stück Gebläserohr darüber anzubringen. Das Endstück führte dicht unter der Regenrinne nach draußen. Die Tenne war weit wie eine kleine Kirche und ebenso dämmerig. Wenn man hinaustrat, merkte man erst, wie geräumig sie war.

Er ging ins Haus, obwohl es noch nicht Kaffeezeit war.

Die Mutter war allein. Sie hatte die Brille auf und las laut aus der Zeitung vor. Sie konnte nicht leise lesen. Auf dem Tisch lagen noch eine Zeitung und ein Brief. Lauri nahm die Zeitung und las. Es war eine Zeitung aus der Hauptstadt. Dann sah er den Brief. Er steckte in einem braunen Umschlag und war an die Mutter adressiert. Wenn er zu Hause war, wurden alle amtlichen Briefe ihm überlassen, auch wenn sie an die Mutter adressiert waren. Gewöhnlich enthielten sie Rechnungen, Ablieferungsvorschriften, Bestellungen und ähnliches. Er riß einen schmalen Streifen vom Umschlag und zog das Blatt heraus.

»Ich hätte mir gewünscht, daß ich Ihnen diesen Brief niemals hätte schreiben müssen. Er betrifft Ihren Sohn, den Unteroffizier Lauri Heikki Ojala, und wird sicherlich nicht völlig überraschend für Sie kommen. Ich hätte Ihnen schon früher schreiben sollen, aber die Kämpfe haben uns dazu keine Zeit gelassen. Außerdem habe ich gehofft, doch noch nähere Angaben über ihn zu bekommen. Weil sie inzwischen vielleicht Informationen über ihn haben, die nicht authentisch sind, will ich als sein unmittelbarer Vorgesetzter versuchen, Ihnen zu erklären, wie alles gekommen ist.

Als sich das Bataillon in der ersten Etappe des Großangriffs über den Vuoksi zurückzog, wurde die Kompanie, deren Chef ich bin, mit Booten übergesetzt. Ihr Sohn blieb mit seiner Gruppe zurück, um die Überfahrt seiner Kameraden zu sichern. Sie sollten mit einem zur Verfügung stehenden Motorboot nachgeholt werden. Aus bisher ungeklärten Gründen hat die Bootsbesatzung diesen Auftrag nicht erfüllt. Der Führer des Bootes bekam die falsche Information, die Männer seien bereits herübergebracht worden. Das Ruderboot, das als zweites Transportmittel zur Verfügung stand, geriet in das Feuer des Feindes. Die Männer waren gezwungen, es der Strömung zu überlassen. Ich habe alles in meinen Kräften Stehende getan, um ihnen zu helfen, aber die Kompanie mußte weiter, um den Feind an einem anderen gefährdeten Abschnitt zurückzuschlagen. Drei Tage später kehrte die Gruppe zur Kompanie zurück, doch Ihr Sohn war nicht dabei. Die Männer berichteten, er habe sich in die Stromschnelle des Vuoksi gewagt, um über die Trümmer einer Eisenbrücke an das andere Ufer zu gelangen und Unterstützung für seine Kameraden zu holen. Seither fehlt jede Spur von ihm.

Er war ein furchtloser und unermüdlicher Kämpfer. Ohne Widerrede ist er zurückgeblieben, um diesen gefährlichen Auftrag auszuführen und den Rückzug seiner Kameraden aus einer gefährlichen Lage in gesicherte Stellungen zu decken. Froh und unverzagt sahen wir ihn in jeder Stunde, und auch in den hoffnungslosesten Situationen besaß er noch Kraft und Selbstbeherrschung genug, auch uns davon mitzuteilen. Sie, seine Mutter, werden am besten wissen, was für einen guten Sohn Sie an ihm hatten.

Alle Hoffnung braucht jedoch noch nicht aufgegeben zu werden. Es besteht die Möglichkeit, daß er in Gefangenschaft geraten ist. Wenn das zutrifft, bin ich gewiß, daß er auch diese Prüfung bestehen wird, sofern sie überhaupt zu bestehen ist. Sollte er jedoch nicht zurückkehren, dann mögen Sie wissen, daß wir alle Ihre Trauer mit Ihnen teilen. Als sein unmittelbarer Vorgesetzter bin ich mir freilich am ehesten bewußt, was für einen Mann wir da verloren haben. Er steht bei uns auf der Vermißtenliste, doch wir geben die Hoffnung nicht auf.«

Lauri steckte den Brief in den Umschlag, faltete ihn zusammen und schob ihn in die Brusttasche. Dann stand er auf, nahm seine Mütze und ging hinaus.

»Warte doch, ich koche dir rasch Kaffee.«

»Wo sind die Schwestern?«

»Ich glaube, im Gemüsegarten.«

»Ich geh noch mal in die Scheune.«

Er kehrte auf die Tenne zurück. Unter dem Scheunentor las er den Brief noch einmal. Dann steckte er sich eine Zigarette an, hielt das Streichholz unter das Blatt und ließ es abbrennen. Nur ein kleines Zipfelchen blieb zwischen seinen Fingerkuppen zurück. Das war unbeschrieben. Den Umschlag riß er in kleine Stücke, die er ins Gras streute.

Auf der Tenne wollte ihm die Arbeit nicht mehr von der Hand gehen. Der Boden dröhnte wie eine Trommel, wenn er darüberlief. Er ging durch die Hintertür hinaus und schaute über die Äcker. Dann lief er eilig ins Haus zurück, stieg hinauf in seine Kammer, zog sich um. Ohne sich noch einmal in der Wohnstube zu zeigen, holte er das Rad aus dem Schuppen und fuhr davon. Das Rad hatte eine kleine Übersetzung, er kam nur langsam voran. Eine Stunde brauchte er für die zwanzig Kilometer bis zur Stadt. Dort ging er zur Zeitung und gab eine Anzeige auf. Er strich kein Wort und verlangte, daß sie so groß wie möglich kommen sollte.

Von der Zeitung aus fuhr er zum Friseur. Dort war wenig los, er konnte sich gleich in den Stuhl setzen. Die Frau war selbst im Geschäft, sie kannte ihn gut.

»Sie hat man lange nicht gesehen«, sagte sie.

Im Spiegel sah er sein eigenes Bild über allerlei Flaschen und Flakons. Die Frau drückte ihren Bauch an seine

Schulter, sooft sie oben auf seinem Kopf zu tun hatte. Sie war zu klein, und einen verstellbaren Stuhl gab es hier nicht.

»Meine Haare sind ganz schön verwildert. Ich war mindestens zwei Monate nicht beim Friseur.«

»Wer kommt schon dazu, heutzutage!«

Als er aufstand, bedeckten seine Haare den Boden ringsum in kleinen Häufchen.

»Sind Sie auf Urlaub?« fragte sie.

»Na . . .«

»Einige sind schon ganz und gar nach Hause gekommen.«

»Ja, das hört man.«

Vom Friseur ging er in eine kleine Kneipe auf ein Bier. Die Kneipe war in einem gewöhnlichen Wohnhaus. Sie hatte nur drei Tische, die Gäste saßen auf eckigen Küchenstühlen, die dick mit grüner Farbe angepinselt waren und rote Ränder hatten. Am Ecktisch hockten drei Männer um die Fünfzig. Auch die Wirtin am Ende des Schanktischs saß auf so einem Stuhl, sie strickte einen Strumpf und paßte auf, daß die Gäste sich keinen Schnaps ins Bier gossen. Wenn ein Zug vorbeifuhr, bebte das Gebäude, daß die Flaschen in den Körben klirrten. Lauri ließ sich gleich an der Tür nieder. Er konnte durch das Fenster die Straße überblicken. Es war ein gewöhnliches Fenster mit sechs quadratischen Scheiben.

»Na, Judi, bring uns noch drei Flaschen«, sagte einer der Männer.

»Es ist nichts mehr da.«

»Dem da hast du auch was gegeben.«

»Das war die letzte.«

»Du wirst schon noch was haben. Zier dich nicht. Es ist

ja kein Selbstgebrannter, bloß schlechtes Dünnbier. Wer eine Flasche trinkt, muß zehne pissen. Es trocknet einen ganz aus. Da muß Harz drin sein.«

»Es braucht ja keiner zu trinken.«

»Mach keinen Stunk, bring schon.«

»Seien Sie so freundlich und verlassen Sie das Lokal. Ich schließe.«

»Was ist denn das für eine Schließzeit?«

Die Frau nahm Lauri die halbvolle Bierflasche weg und brachte sie nach hinten.

»Entschuldigen Sie«, sagte Lauri. »Ich habe das Bier bezahlt. Es gehört mir.«

»Ich schließe jetzt. Ich bitte, daß die Herren gehen, und im guten. Hier wird nicht randaliert.«

»Bring das Bier, und wir reden kein Wort mehr.«

»Bitte, verlassen Sie das Lokal, oder ich hole einen Polizisten.«

»Hol doch gleich zwei.«

»Wenn du deine Kunden so behandelst, kannst du bald einen Zettel an die Tür hängen.«

»Da fällt mir eine Geschichte ein, die einem Kumpel passiert ist. Die muß ich euch noch erzählen. Nichts Unanständiges. Also, der hat mir erzählt, daß er eines Tages in Kuopio wach wurde, weil ein Polizist ihm eins in die Fassade gab. Da dämmerte es langsam bei ihm. Er hatte sich irgendeiner karelischen Familie angehängt. Sie gaben ihm zu essen, sie fragten sich bloß, was er haben mochte, weil er nur dasaß und nickte. Die Leute hatte man mit einem Schleppkahn nach Kuopio gebracht und in einer Schule einquartiert. Er blieb also bei ihnen. Aber eines Tages sagten sie, sie würden ihn nicht mehr durchfüttern, einen Mann, der nichts tue und den sie nicht mal kennen.

›Hör auf, uns nachzuziehen. Geh deiner Wege.‹ Da ging er und lief in der Stadt umher. Zwei Polizisten kamen ihm entgegen. Als sie an ihm vorbeischlenderten, schlug er dem einen mit der Faust ins Gesicht. Der andere schlug zurück, und davon wurde er wach. ›Sie sind ja ein komischer Soldat, daß Sie mitten in der Stadt Polizisten überfallen, und dazu gleich zwei. Wer sind Sie eigentlich?‹ Der Mann sagte: ›Bei mir ist alles im Nebel, ich kann mich an nichts erinnern.‹ Aber irgendwas muß er wohl vorgehabt haben, weil er in Kuopio war, wo er in Iisalmi wohnte. Ist natürlich Blödsinn, zwei Polizisten anzugreifen, der zweite haut doch zurück. Sie sagten, er sei ein Deserteur, aber er antwortete ihnen, sie könnten ihm gar nichts beweisen, er habe garantiert einen Dachschaden. Sie brachten ihn nach Lapinlahti zur Untersuchung, aber er meinte, es sei ganz sinnlos, ihn zu untersuchen, das hätten sie damals machen sollen, als er den Klaps kriegte, nicht jetzt, so lange danach. Auf dem Bahnsteig wollte er seine Geschichte auch den Polizisten von der Ausweiskontrolle erzählen. Er sagte ihnen, sie brauchten keine Angst zu haben, er werde nie mehr Polizisten schlagen, denn der Hieb von dem anderen Polizisten habe ihn von seinem Klaps geheilt. So kann es kommen, daß einer die Polizei dafür lobt, daß sie ihn schlägt.«

»Aber auf der Wache hauen sie zu wie noch nie, wenn da einer so besoffen hinkommt, daß er am Morgen von nichts weiß, und die verstehens, die Hundesöhne, die wissen Stellen, wos hinterher keine Spuren gibt. Sie kriegen das beigebracht.«

»Na, dann hol doch die Polizisten. Du hast dem Herrn dort eine halbleere Flasche aus der Hand gerissen. Er hat sie bezahlt, und du läßt sie ihn nicht austrinken.«

»Ja, aber ich habe das Recht, zu schließen, wenn hier keine Ordnung herrscht.«

»Du bist auch eine, die verrückt ist.«

»Kusch dich, alte Runzel«, sagte der zweite.

Die Frau verschwand in irgendein Nebenzimmer. Die Männer standen auf und gingen hinaus. Lauri folgte ihnen. Der älteste sagte zu ihm: »Das war Ihretwegen. Wenn einer reinkommt, den sie nicht kennt, glaubt sie gleich, das ist ein Polizist in Zivil, der ihr die Lizenz wegnehmen will.«

15

Die Polizisten kamen um die Mittagszeit auf den Ojala-Hof, als sie beim Essen waren. Sie blieben im Auto sitzen. Lauri stand vom Tisch auf, den Bissen im Mund, und ging zu ihnen hinaus. Der Amtmann saß vorn, neben ihm der Dorfpolizist.

»Ich komme sofort. Ich geh nur auf den Dachboden die Klamotten wechseln. Wartet hier. Aber sagt denen drinnen nichts, sonst kriegen sie Angst. Sie wissen nichts davon.«

Er stieg auf den Boden und zog seine Uniform an. Die Schwestern hatten sie gewaschen und gebügelt, sie roch noch nach dem Waschzuber. Dann holte er die Maschinenpistole unter dem Bett hervor und vergrub sie in den Sägespänen auf dem Dachboden. Brieftasche und Kleinkram waren schon fertig in den Taschen verstaut und die Taschen schon zugeknöpft. Er ging hinunter und machte die Tür einen Spalt weit auf.

»Ich muß jetzt weg. Das Auto wartet draußen. Holt euch Hilfe, wenn ich nicht bald wiederkomme.«

Dann ging er hinaus in den Hof. Uotila hielt die hintere Tür auf, und er stieg ein. Der Amtmann ließ sich Zeit mit dem Losfahren, Mutter und Schwestern schafften es noch, auf die Treppe hinauszukommen. Kerttu stieg schon die Treppe hinunter.

»Fahrt los, bevor es eine Tragödie gibt«, sagte Lauri.

Als das Auto zwischen den Rosensträuchern hindurch zur Hauptstraße fuhr, schaute Lauri durch die Rückscheibe, aber dort huschten nur die Sträucher vorbei, als wollten sie auf die andere Seite.

Die Polizisten saßen vorn. Als das Auto nicht zum Bahnhof abbog, sondern geradeaus weiterfuhr, lehnte sich Lauri erleichtert zurück. »Wohin bringt ihr mich?«

»Nicht sehr weit. Andere werden dich weiterbefördern«, sagte Uotila.

»Ihr habt mir ganz schön Zeit gelassen.«

»Ich wußte, daß du zu Hause bist, aber ich konnte mir nicht vorstellen, daß du ausgerissen bist. Ich habe dich für einen Mann gehalten«, sagte Uotila. Er war so lang, daß er sich im Wagen krumm machen mußte.

»Das ist eine komplizierte Geschichte, das kann man schlecht erklären. Aber aus Feigheit bin ich nicht hier gewesen, das ist so sicher, wie ein Armer sterben muß. Ich hab keine Angst, vor gar nichts, Gott verdammich.«

»Uns brauchst du nichts zu erzählen«, sagte der Amtmann. »Was ändert es, wenn wir darüber reden? Überhaupt nichts. Wir tun unsere Pflicht und werden dafür bezahlt. Das Getreide ist richtig niedergewalzt. Es hat aber auch geregnet wie vor der Sintflut. Sechzehn Millimeter haben sie gemessen.«

»Wie kann man so was messen?« fragte Uotila.

»Das mußt du dir mal ansehen. Das Ding zum Messen

ist ein großer Trichter, der das Wasser in eine Kanne leitet, und daran sind Marken angebracht.«

»Ich bin dumm, ich gebs zu. Aber es will mir nicht in den Kopf, wie man sagen kann, es hat soundso viel geregnet.«

»Na hör mal, wenn du weißt, wie groß die Bodenfläche des Trichters ist und wieviel Zentiliter die Kanne faßt, dann kannst du das doch ausrechnen.«

»Ja, aber geht denn alles in den Trichter?«

»Der Trichter fängt alles auf, was herunterkommt.«

»Das verstehe ich.«

»Und was verstehst du nicht?«

»Ich weiß nicht. Wasser fließt doch. Eine Stelle kriegt viel und die andere fast gar nichts.«

»Aber dabei geht es doch um den Mittelwert. Natürlich sammelt es sich da und dort, aber das ist wieder eine Sache für sich. Mit dem Ding wird gemessen, wieviel von oben runterkommt.«

»Aber es spritzt doch auch über den Rand, alles geht doch nicht rein.«

»Das ist nicht viel. Natürlich, es spritzt was über den Rand, aber es spritzt ja auch nach allen Seiten, gleich, wohin es tropft.«

Sie fuhren bis zur Bahnstrecke nach Viipuri, fast durch den ganzen Kreis, fünfzehn Kilometer. Dort wartete der Begleiter auf ihn, ein Reservefeldwebel, den keiner kannte.

»Ich hatte bei Ihnen angerufen«, sagte der Feldwebel zu den Polizisten, obwohl die das wissen mußten.

»Wie kommen Sie bloß von hier aus weiter? Sie werden den Bummelzug nehmen müssen, die Schnellzüge halten hier nicht.«

»Ich war beim Stationsvorsteher. Er hat mir versprochen, er hält den Schnellzug so lange auf, daß wir einsteigen können«, sagte der Feldwebel. »In Anbetracht des Falles, um den es sich handelt, war er einverstanden.«

»Wir brauchen irgendeine Quittung oder Bestätigung von Ihnen«, sagte der Amtmann, »darüber, daß wir Ihnen den Ojala übergeben haben.«

»Und ich möchte auch den Haftbefehl sehen. Haben Sie so was?«

Der Mann reichte ihnen ein Papier, der Amtmann las es durch und gab es zurück.

»Für uns ist die Sache erledigt«, sagte er.

»Danke fürs Mitnehmen«, sagte Lauri.

Die Polizisten stiegen ein und fuhren los.

»Sind Sie allein?« fragte Lauri den Feldwebel.

»Für solche Fälle genügt einer.«

»Wohin bringen Sie mich?«

»Das wirst du schon sehen.«

»Mir ist es einerlei, in was für ein Teufelsloch du mich bringst.«

»Ich kann es dir auch sagen. Zum Bataillon bringe ich dich.«

»Wo liegt das jetzt?«

»In Juustila.«

»Keine Ahnung.«

»Das ist am Kanal.«

»Was haben sie gesagt, als sie dich losgeschickt haben?«

»Nichts weiter. Da ist ein Mann, der muß hergebracht werden, sonst nichts. Ich bin hier ausgestiegen und habe den Amtmann angerufen. Und der sagte, er holt dich, damit es kein Aufsehen gibt. Weil er dich kennt und in der Gegend Bescheid weiß.«

»Das hätte ja auch ein Bekannter machen können.«

»Die haben wohl gemeint, es ist besser, wenns ein Unbekannter macht.«

Der Stationsvorsteher ließ den Schnellzug halten, sie stiegen ein. Der Zug war voll, auch im Gang standen Leute. Sie standen aneinandergepreßt und wippten alle im gleichen Takt. Ein junger Soldat, der einen Fensterplatz hatte, stand auf, um zur Toilette zu gehen. Der Feldwebel setzte sich auf seinen Platz. Er behielt die Mütze auf dem Kopf und sagte: »Ich sitze, solange ich sitzen kann.« Der Soldat kam wieder, blieb aber im Gang stehen. Der Feldwebel schielte zu einer alten Frau hinüber, die ihm gegenübersaß, er sagte irgend etwas zu ihr. Die Frau wandte sich ab, doch dann stand sie auf und kam heraus.

»Setz dich«, sagte der Feldwebel zu Lauri.

»Was hast du ihr gesagt? fragte Lauri.

»Daß ich einen gefährlichen Deserteur transportiere und daß ich ihn besser bewachen könnte, wenn sie ihren Platz frei machen würde.«

»Ich hätte ja auch stehen können.«

»Wozu. Die kommen hier alle aus irgendeinem Ausbildungslager, und so ein altes Weib kann auch mal stehen. Nein, ich habe in diesen Zügen noch nie gestanden, ich tue es auch nicht. Einmal hätte ich beinahe von Äänislinna bis Tampere stehen müssen, aber zum Glück war ein Leutnant im Zug, den ich kannte. Der nahm mich mit in den Offizierswagen und hängte seinen Mantel über mich. Ich saß darunter und schlief. Da war noch ein Major, der mußte auf der Armlehne sitzen. Und als wir kurz vor Tampere waren, sagte der Leutnant zu mir: ›Komm, wir müssen aussteigen.‹ Du liebe Zeit, hat der Major Augen gemacht, als er sah, daß ich bloß Unteroffizier war. ›Unteroffizier, verflucht! Ich mußte auf der Armlehne sitzen, von Äänislinna bis Tampere, und Sie haben sich nicht geniert, die ganze Zeit danebenzusitzen, zu schlafen und zu schnarchen‹, zeterte der Major. Der Leutnant sagte, ich wäre sein bester Freund, ›Freundschaft hilft hier gar nicht‹, sagte der Major. ›Aber bitte, Herr Major, setzen Sie sich doch, der Platz ist ja frei‹, antwortete der Leutnant, und wir rückten eiskalt ab.«

»Da sind Sie ja noch gar nicht lange bei unserem Haufen.«

»Ich habe die Querbalken letzten Herbst gekriegt. Dann war ich im Lazarett und dann zur Genesung. Als dieser Schlamassel losging, haben sie mich zu eurem Bataillon geschickt.«

»Wo hat es Sie denn erwischt?«

»Hier, in der Seite.« Der Feldwebel deutete auf seine rechte Seite.

»Schlimm?«

Der Feldwebel knöpfte die Uniformjacke auf, zog das Hemd aus der Hose und stopfte den Hemdschoß unter das Kinn. Er hatte rechts eine fingerdicke weiße Narbe, die sich bis auf den Rücken zog.

»Und wovon?«

»Von einem Bombensplitter. Ich habe ihn noch kommen sehen. Er war wie eine Sichel und drehte sich in der Luft. Er kam so langsam, daß ich meinte, der tut dir nichts. Aber er war schwer, da saß Wucht dahinter. Er blieb mir zwischen den Rippen hängen. Im Lazarett haben sie ihn rausgemacht. Ich habe ihn mir geben lassen, als Andenken. Er liegt jetzt zu Hause. Wiegt vier Kilo und fünfzig Gramm, das Ding, und ist dreiundfünfzig Zentimeter lang. Genau dieselben Maße wie bei meinem Jungen, deshalb weiß ich es auch so genau. Der Rand ist wie eine Säge. Wäre er etwas höher gekommen, dann hätte er mich geköpft. Es lag nicht bloß am Gewicht, daß er mich so erwischt hat. Ich habe mal einen Querschläger gesehen, der flog gerade einen Meter hoch. Er war gut zu erkennen, es war noch Winter. Leutnant Pasanen trat aus Spaß danach, so mit dem Fuß, aber er durchschlug ihm die Wade. ›Zum Teufel, was mußtest du auch danach treten, das war ein Geschoß‹, sagte ich zu ihm. Das Ding hat zweimal den Stiefel durchschlagen und einmal die Wade. Woher es noch so viel Kraft nahm, verstehe ich bis heute nicht.«

»Na, wenn das nicht gelogen ist«, sagte Lauri.

»Nein, nein, das stimmt, so wahr ich hier sitze und du da drüben.«

»Also, ich war auch schon dann und wann dabei, wenn Eisen in der Luft rumflog. Mir braucht man solchen Kiki nicht zu erzählen, wie ihn Onkel Topelius* für Kinder schreibt.«

»Hör zu, ich könnte dir noch ganz andere Sachen erzählen. Einundvierzig habe ich schon mal so was erlebt. Da marschierte eine Gruppe in Reihe die Straße entlang, und auf einmal kommt auch so ein Ding angeflogen. Sie haben es alle gesehen. Es knallte einem mitten auf die Brust. Dabei hatte er zugeschaut, wie es angeflogen kam. Es schlug ihm auf die Uniformjacke und fiel runter. Der Kumpel legte sich lang und schrie: ›Jetzt hats mich erwischt!‹ Ich nahm das Geschoß und zeigte es ihm. ›Da ist es. Es ist an deiner Jacke abgeprallt.‹ Er wollte es nicht glauben, einfach nicht glauben. Die Leuchtkugeln sieht man ja auch am hellen Tage. Die sind so leicht, daß sie langsam flie-

* finnlandschwedischer Schriftsteller (1818–1896)

gen. Und dieses Geschoß, wer weiß, woher es angetrudelt kam! Das war auch ziemlich weit hinten, nicht mal in der Nähe der Stellungen.«

»Mag sein. Was für Geschosse hinten verwendet werden, das weiß ich nicht. Wo ich war, haben sie immer mit Gewehren geschossen. Und mit Pulver, nicht mit Salpeter. Da flogen die Dinger verdammt scharf.«

»Wenn Ihr so allwissend seid, dann erklärt mir doch mal, wie folgendes zustande kommt: Die Züge im Gewehrlauf sind doch so beschaffen, daß sich das Geschoß in Uhrzeigerrichtung dreht, also nach rechts. Wenn nun der Wind von rechts kommt, dann dreht sich das Geschoß auch nach rechts. Soweit ist alles klar. Aber wie soll man begreifen, daß sich das Geschoß nach links dreht, wenn der Wind von links kommt?« Diese Frage stellte ein Mann mittleren Alters in Zivilkleidung, er hatte einen hohen, schmalen Kopf.

»So, dreht es sich nach links?« fragte der Feldwebel.

»Ja, aber warum?«

Der Feldwebel sah aus dem Fenster und überlegte.

»Na, das ist doch ganz klar. Biegt es ab, wenn der Wind von rechts kommt, dann muß es auch abbiegen, wenn er von links kommt, weil es nun mal einen Drall hat.«

»Mich wundert ja bloß, daß es auch nach links abbiegt.«

»Ja, dazu kann ich Ihnen auch nichts sagen.«

Eine Weile blieb es still.

»Arbeiten Sie in der Waffenbranche?« erkundigte sich der Feldwebel.

»Nein. Ich war Dolmetscher in Lappland.«

»Waren Sie ganz oben im Norden?«

»Einmal bin ich bis Liinahamari gekommen. Immerhin

habe ich es geschafft, dort aus einem deutschen Hauptmann einen Soldaten zu machen. Zwar nicht selbst, aber ich war daran beteiligt.«

Der Feldwebel starrte den Zivilisten an. Offenbar überlegte er, ob das nicht am Ende ein hoher Offizier war.

»Ich war Dolmetscher bei zwei Obersten. Und dort gab es ein Hotel für die Lottas*, es wurde von einer Frau unterhalten. Zum Abendessen gingen wir hin. Das Grammophon spielte, und die Deutschen tanzten mit den Lottas. ›Tanzen verboten‹, sagte der Oberst auf deutsch und zeigte auf die Tür. Die Lottas flohen in die Küche, die Deutschen auf den Hof. Aber einer von ihnen, ein Hauptmann, war ziemlich betrunken. Er war so aufgekratzt, daß er wieder hereinkam. Und als er sah, daß ich nur Leutnant war, baute er sich hinter mir auf und fing zu schimpfen an. Seine Spucke flog mir immer in die Haare. ›Ihr verfluchten Finnen‹, schrie er. ›Macht bloß, daß ihr abhaut! Das hier gehört zum Bereich der Heeresgruppe Nord.‹ Die beiden Obersten saßen mit mir am Tisch. Ich sagte ihnen, daß ich es schlecht vertrage, wenn man mir auf den Kopf spuckt. ›Ich gebe dem eins aufs Maul und schmeiß ihn raus‹, sagte ich. Aber sie meinten: ›Bleib du schön sitzen. Laß ihn. Was kümmert uns ein besoffener deutscher Hauptmann.‹ Der dicke Deutsche war schon müde vom Stehen, er bat einen der Obersten, sich neben mich setzen zu dürfen. Er wollte im Sitzen weiterkläffen. Aber der Oberst sagte ihm, daß wir kein Verlangen nach seiner Gesellschaft hätten. Da machte er einen Diener und schob ab. Ein paar Monate später traf ich den anderen der beiden Obersten. Er fragte sofort: ›Erinnerst du dich noch

* Angehörige einer weiblichen militärischen Hilfsorganisation im damaligen Finnland.

an den deutschen Hauptmann, der uns in Liinahamari so unverschämt angeblökt hat?‹ – ›Natürlich erinnere ich mich an den. Ich merke mir alle, die mir auf den Kopf spucken.‹ – ›Weißt du, was aus dem geworden ist?‹ – ›Keine Ahnung‹, sagte ich. Da erzählte mir der Oberst, daß er am nächsten Tag mit dem deutschen Divisionskommandeur gegessen und ihm erzählt habe, wie saftig ein deutscher Hauptmann finnische Obersten beschimpfen könne. Er fand es anscheinend ungeheuer witzig, daß Hauptleute Obersten beschimpfen können, weil er selbst Oberst war. Am Tag darauf schon saß der Hauptmann im Flugzeug nach Berlin. Dort wurde er zum Soldaten degradiert. Und mit der nächsten Maschine schickten sie ihn wieder nach Petsamo zu seiner eigenen Kompanie zurück. Ist das nicht geradezu Geschichte? Die sind wie die Teufel zueinander. Die Degradierung kann man ja noch irgendwie verstehen, aber daß sie ihn ausgerechnet zur eigenen Kompanie geschickt haben, das geht über meinen Verstand. Das ist so eine Gemeinheit, ein Finne brächte das gar nicht fertig. ›Da hast du es‹, sagte ich zu meinem Oberst. ›Hättest du mich nur machen lassen. Ich hätte ihm eins aufs Maul gegeben, und alles wäre erledigt gewesen. Das wäre für alle das beste gewesen. Ich hätte ihm eine feuern dürfen, und Ihr hättet zuschaun können, wie er ausgezählt wird.‹ Er sagte bloß: ›Da hast du wirklich recht gehabt.‹«

»Einen unmenschlichen Drill haben sie, das ist wahr«, sagte der Feldwebel.

»Das ist wahr. Wäre es nicht viel menschlicher gewesen, wenn ich ihm eins aufs Maul gegeben hätte? Der dußlige Oberst hat dann erst alles breitgetreten.«

»Natürlich«, sagte der Feldwebel.

»Das meine ich doch. Aber die Obersten wollten es mir nicht glauben. Es wäre auch noch menschlich gewesen, wenn sie den Hauptmann niedergeknallt hätten. Wenn man an den Schlamassel denkt, in den er bei seiner eigenen Kompanie geraten sein wird.«

»Die haben schon viele von den eigenen erschossen«, sagte der Feldwebel. »Ich habe mal selbst gesehen, wie die Wachablösung einen Posten abknallte. Weil der rauchte, als die Ablösung kam. Der Wachhabende befahl ihm einfach, Gewehr, Pelz, Strohstiefel und Handschuhe in die Wachstube zu schaffen. Es war mitten im Winter. Dann winkte er ihm mit der Hand und befahl: ›Los, vorwärts!‹ Der Soldat ging los, die Hände in den Taschen, weil es so kalt war. So wie er da ging, wurde er niedergeknallt. Der Wachhabende ging noch hin und schoß ihm in den Kopf, damit er auch wirklich tot war.«

»Ja, aber könnt Ihr mir erklären, wie es kommt, daß sie trotzdem rauchen und gegen die Befehle verstoßen, obwohl sie wissen, daß sie dafür erschossen werden?« fragte der Zivilist. »Gerade das ist das Erstaunliche, meine ich.«

»Nein, das weiß ich nicht.«

Als sie über die Kymi-Brücke fuhren, stand der Zivilist auf und schaute aus dem Fenster.

»Der da hat auch die mächtige Sowjetunion nichts anhaben können. Noch und noch haben sie die bombardiert. Auch im Winterkrieg kamen sie fast jeden Tag. Wenn die hingewesen wäre, hätte man sagen können: *finis Finlandiae.* Dann wäre es ausgewesen. Ich habe übrigens meine eigene Erklärung dafür. Die Brücke ist ziemlich hoch und schmal. Eine plausible Erklärung. Sie haben ihre Bomben fast genau daruntergesetzt, aber der Druck konnte sie nicht ausheben, gerade weil sie so hoch und so schmal ist. Bei den Tausenden Bomben, die sie hier abgeworfen haben, hätte man erwarten können, daß wenigstens eine mal trifft. Und warum hat keine getroffen? Ich kann mir das nur damit erklären, daß jeder einzelne Bomber versucht hat, seine Bombe genau auf die Brücke zu setzen. Sie haben so genau gezielt, daß sie theoretisch durchaus hätten treffen können, aber eine Bombe fällt nie auf den Meter genau dorthin, wohin sie gezielt wird. Anders kann ich mir das jedenfalls nicht erklären. Da alle Bomben vorbeigingen, muß das auf eine Erscheinung zurückzuführen sein, die auf alle gleicherweise zutrifft. Und die liegt natürlich darin, daß sie ihre Bomben immer genau auf die Brücke setzen wollten.«

»Bißchen Schwein wird auch dabeigewesen sein«, meinte der Feldwebel.

»Natürlich. Wenn wir Pech gehabt hätten, hätten sie nur eine einzige Bombe gebraucht, und die Brücke wäre hingewesen. Stimmt schon, stimmt schon.«

»Und Flak stand hier auch.«

»Das muß man zugeben.«

Lauri schaute zerstreut zum Fenster hinaus, den Kopf auf die Seite gelegt. Die Zigarette fiel ihm aus den Fingern, vom Schüttern des Wagens rollte sie unter die Bank. Er tastete mit der Hand danach.

»Was verloren?« fragte der Feldwebel.

»Die Ehre, verdammt. Macht nichts. Ist die Ehre hin, steigt der Ruf.«

Er erwischte die Zigarette und drehte sie prüfend zwischen den Fingern, bevor er sie in den Mund steckte.

»Was meinen Sie damit?« fragte der Zivilist.

»Er meint gar nichts. Er war ohne Schein auf Urlaub, ich bringe ihn gerade zu seinem Bataillon zurück.«

»Waren Sie lange zu Hause?«

»Zwei Monate.«

»Wo sind Sie abgehauen?«

»Das ist Kriegsgeheimnis«, sagte Lauri.

Er blickte stur zum Fenster hinaus, sein Knie zuckte ein wenig.

»Noch ein Glück für Sie, daß es zur Zeit ziemlich ruhig ist«, sagte der Mann in Zivil.

»Ja, aber ich habe das Gefühl, es geht bald wieder los.«

16

Gegen Abend hellte es sich auf, aber der starke Wind blieb. Auch hier hatte es geregnet, auf dem Weg waren längliche Pfützen, und der Sand war braun und aufgelockert.

»Du mußt jetzt vor mir hergehen«, sagte der Feldwebel. »Das sieht besser aus.«

Der Bataillonsgefechtsstand war in einem kleinen Bauernhaus untergebracht, am Rande eines Ackers. Rings um das Haus standen Kiefern, ihre schwarzen Kienäpfel lagen überall auf dem Weg und im Gras.

Der Kommandeur war nicht da, nur sein Adjutant, ein bejahrter Leutnant. Er telefonierte gerade mit irgendeinem Rissanen, dem er befahl, einen Mann mit einer Maschinenpistole herzuschicken.

»Legen Sie auf den Tisch, was Sie in den Taschen haben.«

Der Unteroffizier rührte sich nicht.

»Brieftasche. Haben Sie eine Brieftasche? Sie bekommen eine Quittung, auch für die anderen Sachen. Hier geht nichts verloren.«

»Warum?«

»Das ist in solchen Fällen so Brauch.«

»Wieso, was für ein Fall ist das?«

»Wollen Sie frech werden?«

»Nein, Herr Leutnant.«

»Na also, dann her damit!«

Der Leutnant zählte das Geld, er schrieb die Summe mit Tinte auf einen Zettel.

»Unterschreiben Sie das.«

Er nahm Bleistifte aus einer Schale, warf aber einen nach dem andern auf den Tisch, weil sie alle nicht angespitzt waren. Endlich fand er einen, der schrieb.

»Haben Sie eine Uhr?«

Der Unteroffizier nahm seine Armbanduhr ab und knallte sie auf den Tisch.

»Benehmen Sie sich. Haben Sie noch was? Wenn Sie Streichhölzer haben, geben Sie die auch her.«

Der Unteroffizier zog seine Streichhölzer aus der Tasche, er wog die Schachtel in der Hand, dann warf er sie auf den Tisch, daß sie hochschnellte und auf der Reibfläche stehenblieb.

»Das macht einen Punkt«, sagte er.

Nach dem Auftrumpfen mit der Streichholzschachtel stand das Spiel wieder unentschieden.

»Koppel und Hosenträger«, sagte der Leutnant.

Der Unteroffizier schnallte das Koppel ab und rollte es zusammen. Dann knöpfte er die Hosenträger los und zog sie hinten heraus, ohne die Jacke aufzumachen. Der Posten kam, ein alter Mann, einer der Fahrer des Bataillons. Er roch nach Pferden und Pferdemist. Er gehörte zu den Leuten, die sich nie natürlich geben, wenn Fremde dabei sind. Man sah, daß er nicht recht wußte, wo er sich hinstellen sollte. Er schien die ganze Zeit woandershin zu wollen, konnte sich aber nicht entschließen, den Platz zu wechseln.

»Herr Leutnant«, setzte er an. Der Leutnant überhörte es. Sofort meinte der Alte, der Leutnant sei mit ihm unzufrieden. Fast wütend sagte er: »Herr Leutnant. Feldwebel Rissanen schickt mich her. Soldat Väisänen.«

»Schon gut«, sagte der Leutnant. »Sperren Sie diesen Deserteur in die Sauna und sorgen Sie dafür, daß er dort bleibt. Sie haften mir für ihn. Versucht er wegzulaufen, wird sofort geschossen. Haben Sie verstanden?«

»Jawohl, Herr Leutnant.«

Der Unteroffizier setzte sich auf die Ankleidebank am Fenster und schaute sich die Landschaft an, die Mütze im Nacken. Der Posten stand draußen auf dem Weg. Er hustete laut, als wollte er ihm drohen. Durch die Bäume wurde es um die Gebäude herum bald dunkel, aber zwischen den Stämmen sah man, daß es auf dem Acker noch hell war. Das Getreide war vergilbt, es neigte sich schon stark zur Seite. Da und dort spießten lange Roggenhalme heraus, er sah sie deutlich vor dem dunklen Hintergrund des Waldes. Weiter drüben stand anscheinend Winterweizen. Es dämmerte schon, aber das Feld blieb unverändert hell, und noch um Mitternacht, in der finstersten Stunde, sah er es leuchten.

Er kletterte auf das obere Brett und streckte sich aus. Doch er fuhr gleich wieder hoch und stieß dabei einen verzinkten Eimer um. Der fiel auf den Betonfußboden und schepperte so, daß man verrückt werden konnte. Der Alte kam hereingestürzt. Er war ganz aus dem Häuschen, weil er nichts sah.

»Hände hoch«, krächzte er.

Der Unteroffizier hob die Füße. Und weil der Posten auch das nicht sah, setzte er sich auf.

»Schaff den verdammten Eimer weg, bevor ich dir den Schädel damit einschlage.«

Der Posten tastete nach dem Eimer und nahm ihn mit. Schließlich fand er irgendwo einen Schalter und machte Licht.

»Licht aus. Der Russe sieht das, verdammt nochmal!«

Der Alte machte das Licht aus.

»Fenster auf!«

Der Alte ging zum Fenster und fummelte an den Haken.

»Leg die Maschinenpistole auf die Bank und scher dich zum Teufel!«

Der Posten legte die Maschinenpistole auf die Bank und ging hinaus, kam aber sofort wieder hereingerannt, schaltete das Licht ein und richtete die Maschinenpistole auf den Unteroffizier.

»Vor deiner Flinte habe ich auch grade Angst. Schieß schon, verdammich, sie geben dir einen Orden dafür. Oder ich verpaß ihn dir.«

»Reiß hier nicht das Maul auf«, sagte der Posten.

»Stell doch mal 'ne Stange Wasser in die Ecke, ich möchte schlafen.«

Der Alte ging hinaus und verrammelte mit irgend etwas die Tür. Wenig später wurde er abgelöst.

»Vorhin wollte er frech werden. Aber ich war drin, und das sage ich dir, dem habe ich es gezeigt. Wenn er dir dumm kommt, kein Palaver, gleich eins auf die Mütze, da wird er friedlich. Mit so einem wird nicht lange gefackelt. Er spuckt große Töne, aber im Grunde ist er harmlos.«

Als der alte Posten weg war, machte Lauri das Fenster auf.

»Fenster zu«, sagte der Neue.

»Gibts was auf die Mütze, wenn ichs nicht mache?«

Der Posten lachte spöttisch. »Es gibt mancherlei.«

»Dann gib mir eine Zigarette.«

»Mir gibt auch keiner was.«

»Also du bist auch so ein verdammter Pferdetreiber.«

»Mann, steck den Kopf rein, sonst hau ich dir den Gewehrkolben auf den Verstand.«

»Laß dir ein Kumt umhängen, verdammich. Glaubst wohl, du Trottel, ich bin dir ausgeliefert? Von einem Kutscher laß ich mich auch grade kleinkriegen. Halt dich bloß schön an deiner Flinte fest, daß du nicht umfällst.«

»Schnauze, Kerl!«

»Immer vormachen. Ich machs dann schon nach.«

»Wenn du nicht gleich die Schnauze hältst, passiert was Schreckliches.«

»Ich krieg sie nicht zu. Ich habe da so ein Zittern, weiß selber nicht. Komm rein und klapp sie mir zu.«

Der Posten richtet die Maschinenpistole auf ihn.

»Eine Fingerkrümmung, dann ist sie zu.«

»Immer los. Aber zeig mir erst, wie man von dir eins auf die Mütze kriegt.«

Der Posten warf die Maschinenpistole hin und sprang vor. Er erwischte den Unteroffizier mit beiden Händen am Genick und drückte seinen Kopf gegen das Fensterbrett. Der Unteroffizier versuchte sich loszureißen, die Saunabänke flogen durch die Gegend, doch er richtete nichts aus. Der Posten stieß ihn ein paarmal mit dem Kopf auf das Fensterbrett, dann warf er ihn zurück und schlug das Fenster so heftig zu, daß die Scheibe zersprang und über den Betonboden spritzte.

»Wirst du jetzt das Maul halten, du Strolch?«

Von drinnen kam kein Laut. Der Posten hob seine Maschinenpistole auf und wandte sich ab, warf aber rasch noch einige Glasscherben in den Saunaraum. Er ging ein paar Schritte den Weg hinunter und zündete sich eine Zigarette an, erinnerte sich dann aber, daß er auf Wache war, schmiß sie weg und zertrat sie. Auf Wache durfte geraucht werden, solange das keine Gefahren auslöste, aber der hier hatte wohl noch wenig Wache geschoben.

»He, du Roßknecht«, kam es matt von drinnen, »schieb den Riegel weg, dann wollen wir im Freien probieren, wie es sich auf die Mütze haut.«

Der Posten hob einen faustgroßen Stein auf und schleuderte ihn durchs Fenster. Er traf das Fensterkreuz, nahm ein Stück davon mit, polterte über die Liegebretter, prallte von der Wand ab und rollte ein Stück über den Fußboden. Gleich darauf flog er geräuschlos wieder hinaus.

»Wenn du so anfangen willst, du Roßknecht, dann vergiß nicht, daß hier ein Ofen voller Steine steht, verdammich«, kam es ruhig und weich von drinnen. Man hörte, daß seine Lippen geschwollen waren.

Der Posten war froh, daß der Stein ihn nicht erschlagen hatte. Er kroch auf der Erde herum und suchte seine Zigarette. Der Unteroffizier atmete hastig.

Als es hell wurde, stieg er von den Liegebrettern und schaute durchs Fenster. Der Posten stand mit dem Rücken zu ihm, die Maschinenpistole umgehängt und die Hand hinter dem Rücken um den Kolbenhals, damit sie nicht wegrutschte. Er schaute ihn eine ganze Weile an, aber der Posten merkte nichts davon. Der Unteroffizier kletterte wieder auf das Liegebrett und schlief weiter. Als er wach wurde, schien die Sonne durch das niedrige Fenster. Es sah aus, als hätte jemand einen dicken gelben Balken hindurchgeschoben. Als er sich bewußt wurde, wo er war und wie er hierhergekommen war, traf ihn das so heftig, als brüllte ihm jemand ins Ohr. Er fror.

»Wo ist die Latrine?« rief er durchs Fenster. Es war ein anderer Posten, er trug Schnürschuhe, keine Stiefel.

»Wolln mal sehn«, sagte er ruhig.

Der Unteroffizier ging gebückt, die Hände in den Taschen, wie Häftlinge gehen. Auf dem Häuschen hingen Zeitungen. Er nahm ein kleines Blatt, das nach Illustrierte aussah, und schaute es sich an. Es war aus einer Frontzeitung und zeigte Grausamkeiten, die eine russische Patrouille an Zivilisten begangen haben sollte. Leichen zu zweit und zu dritt, Kinder, eine Frau, die den Rock über dem Kopf hatte. Im Bildtext hieß es, ihr sei mit dem Spaten der Kopf abgehauen worden, doch das war im Bild nicht zu sehen. Er dachte, wer zum Teufel hat das hierhergehängt. Das war ein schönes Schwein. Bevor er rausging, warf er das Blatt ins Loch.

»Na, ist dir leichter?« fragte der Posten.

»Schreckliche Sachen schreiben sie in den Zeitungen. Da hing so ein Ding. Lauter Bilder, was für Spuren die Wanjas in Suomussalmi hinterlassen haben sollen.«

»Die Dinger lese ich nie. Es ist doch immer dasselbe. Genauso, als ob du das ganze Jahr die Zeitung vom selben Tag liest.«

»Ist der Bataillonskommandeur schon da?«

»Ich weiß nicht, aber im Hof steht ein Wagen. Das ist wohl seiner, aber ich weiß es nicht.«

»Warst du das, mit dem ich mich heute nacht geprügelt habe?«

»Ich glaube, das war Forsström.«

»Du gehörst nicht zu den Kutschern, was?«

»Ich bin Melder.«

»Hast du eine Zigarette für mich? Der verdammte Feldwebel hat mir alles weggeraucht.«

»Nicht hier. Wenn wir in der Sauna sind.«

Der Posten kam mit in die Hütte, blieb aber an der Tür stehen.

»Mach fix. Wenn der Major kommt, der kann eklig werden.«

»Der kann mich . . .«

»Mag sein, aber mich kriegt er ran.«

»Ach was! Du glaubst wohl auch, ich bin ein Verbrecher?«

»Davon haben sie mir nichts gesagt. Ich weiß nichts, und es geht mich auch nichts an.«

»Stimmt. Ob sie mich lange hier festhalten?«

»Schmeiß die Kippe aus dem Fenster. Sonst sieht er sie, wenn er kommt. Dann gibts bloß Scherereien.«

»Ist er so kleinlich?«

»Vielleicht nicht, aber wer soll wissen, wie die gelaunt sind? Du solltest dich mal waschen. Du hast getrocknetes Blut an der Backe, das weißt du wohl gar nicht.«

»Schönen Dank. Der Forsström ist auf einmal übergeschnappt. Er hat mir die ganze Visage am Fensterbrett poliert.«

»Der ist jähzornig. Da heißt es aufpassen. Na, ich verpiß mich wohl besser wieder von hier. Nimms nicht so schwer, es wird schon klar gehn.«

»Ob das klar geht oder nicht, ist mir egal. Ein Mann steht, und wenn er kopfsteht, verdammich. Das Leben können sie einem nehmen, aber viel Spaß haben sie nicht daran. Das wärmt sie auch nicht. Wenn sie mich angreifen, schlage ich zurück. Mit mir können sie das nicht machen. Ich habe schon ganz andere Sachen erlebt, mich kriegen sie nicht zum Tanzen wie einen Hampelmann. Ich zittere nicht vor ihnen, und wenn sie mit Zangen in den Fingern kommen und mit Äxten im Stiefelschaft. Ich habe schon härtere Dinger überstanden als jeder von denen.«

17

Der Major saß hinter dem Schreibtisch, er sah genauso aus wie damals am Vuoksi, als er die erste Kompanie suchte. Er war schon so alt und runzlig, daß er wohl immer gleich aussah. Wenn er eine finstere Miene machte, hob er nur den Kopf und hielt ihn steif. Er zog das Schreibtischschubfach auf, nahm eine Armeepistole heraus und fingerte daran herum, die Handgelenke auf die Tischkante gestützt. Sein Adjutant saß am anderen Ende des Schreibtischs, er las einen hektographierten Text auf dünnem Papier. Der Unteroffizier stand mitten im Zimmer neben einer aufgeklappten Schreibmaschine.

»Also, Herr Deserteur, wie steht es mit der Seelenlage? Wer oder was hat Sie veranlaßt, auszureißen? Nun?«

»Herr Major, nichts und niemand hat mich veranlaßt, davonzulaufen. Ich bin von allein gegangen. Als ich nämlich begriff, daß die Armee mich nicht mehr braucht. Dort am Vuoksi sollte uns ein Motorboot holen, aber es drehte nur eine schöne Kurve, daß der Schaum spritzte. Ich bin durch die Stromschnelle gegangen. Meinen Leuten hab ich gesagt, sie sollen nachkommen, aber sie ließen sich nicht blicken. Dort an der Brücke hat ein Rekrut, so ein verdammter Anfänger, versucht, mich mit seiner Maschinenpistole umzulegen. Gut, dachte ich, dann sind wir eben quitt. Jetzt stehst du in keiner Stammrolle mehr und in anderen Registern auch nicht. Keiner braucht dich mehr, keiner wird mehr nach dir fragen. Jetzt gehst du nach Hause, denn dann ist es auch egal, wo du bist. Ob ich zu Hause bin oder auf dem Grund des Vuoksi, das bleibt sich doch wohl gleich.«

»So was habe ich mir noch nie angehört, so was höre ich mir auch von Ihnen nicht an. Ich will Ihnen keinen langen Vortrag halten«, sagte der Major. »Die Konsequenzen kennen Sie. Sie haben sie auch damals gekannt, als Sie sich auf die Socken machten. Sie wußten, daß im Krieg nicht lange debattiert wird. Dafür gibt es Blei und erledigt. Was haben Sie dem entgegenzuhalten?«

»Viel nicht. Höchstens, daß der Vortrag dafür immer noch ziemlich lang war.«

»Und so was hat man zum Unteroffizier gemacht. Wofür eigentlich?«

»Dafür, Herr Major, daß ich genug Schlechtigkeiten begangen habe. Für irgendwelche Wohltätigkeiten werden sie mir die Tressen kaum gegeben haben.«

»Schön, machen wir nicht mehr viele Worte, sonst kriegen wir noch Schwielen an die Zunge. Sehen Sie dort hinter dem Fenster den Acker? Dorthin gehen Sie jetzt und heben eine Grube aus, zwei Meter lang, zwei Meter breit, zwei Meter tief. Wache, Sie sorgen dafür, daß die Grube exakt nach diesen Maßen ausgehoben wird, nicht bloß ungefähr. Ich werde von hier aus achtgeben, wie Sie vorankommen. Bis zum Abend sind Sie soweit, ist das klar?«

Der Unteroffizier blieb vor dem Schreibtisch stehen. Der Adjutant schaute auf. »Verschwinden Sie schon. Haben Sie nicht gehört, daß mit Ihnen gesprochen wurde?«

»Übrigens«, sagte der Major, »eines kann ich absolut nicht begreifen. Daß Sie diese Annonce aufgegeben haben, noch dazu mit vollem Namen. Sind Sie so ein Hornochse, oder waren Sie Ihrer Sache so sicher?«

»Das war es nicht, Herr Major.«

»Und was war es?«

»Dummheit, Herr Major.«

»In Ordnung. Treten Sie ab.«

»Herr Major, ich bin kein Deserteur. Aus Angst bin ich nicht weggegangen. Angst hatte ich nicht.«

»Ach, sehn Sie mal an. Aber das ist jetzt ganz gleichgültig, ob Sie Angst hatten oder nicht. Es gehört schon verdammt viel Mut dazu, daß so einer sagt, er hat Angst.«

»Herr Major, es gehört immer noch mehr Mut dazu, daß einer sagt, er hat keine Angst. Ich meine, wenn er wirklich keine hat.«

»Alle haben Angst. Das steht fest. Es ist auch keine Sünde, wenn einer Angst hat. Aber wenn einer ausreißt und die anderen für sich kämpfen läßt, das ist erbärmlich.«

»Herr Major, die anderen waren in Sicherheit, und ich war mit der Gruppe auf dem feindlichen Ufer. Ich bin durch die Stromschnelle gegangen, als die Russen auf der einen Seite und die Finnen auf der anderen Seite standen. Nicht mal meine Kumpel haben sich getraut, das nachzumachen. Ich habe keine Angst.«

»Wenn Sie keine Angst haben, dann gehen Sie raus und heben Sie die Grube aus. Dann nehmen Sie hin, was auf Sie zukommt. Ich bestrafe Sie nicht dafür, daß Sie über den Vuoksi gekommen sind. Auch nicht dafür, daß Ihre Kameraden nicht nachgekommen sind. Sie haben das Kampfgebiet verlassen, sind dreihundert Kilometer weit nach Hause marschiert und haben sich dort über zwei Monate lang aufgehalten, ohne sich um Ihren Auftrag zu kümmern. Obwohl Sie verdammt genau wußten, wohin Sie gehören. Verstanden?«

»Nicht verstanden, Herr Major.«

»Dann kann ich Ihnen auch nicht helfen. Wegtreten!«

»Herr Major«, sagte der Wachposten, »und woher kriegt er einen Spaten?«

»Von mir aus soll er mit den Händen buddeln, wenn Sie keinen auftreiben. Die finnische Armee hatte vierhunderttausend Spaten. Die liegen in den Wäldern. Da braucht man sich nicht zu wundern, wenn plötzlich keiner mehr aufzutreiben ist. Wie man sich bettet, so liegt man. Mag er mit den Händen graben. Und jetzt raus! Sind Sie noch nicht weg? Muß ich Ihnen erst Beine machen?«

Im Schuppen des Hauses fand sich ein Spaten, dünn wie Blech, in der Mitte gezackt wie ein Spitzenmuster.

»Da ist ja einer.«

»Mann, besorg mir irgendwo einen richtigen Spaten und behaupte nicht, das wäre einer.«

»Ich kann mich nicht in einen Spaten verwandeln. Du solltest Gott danken, daß du den hast. Dein Vorteil, daß er so schlecht ist.«

»Sieh mal, ich bettele weder um Gnade noch um Gerechtigkeit. Aber anständiges Werkzeug will ich haben. Ist das zuviel verlangt?«

In einem Winkel stand noch ein alter Dränagespaten, den nahm der Unteroffizier.

Durch den Beerengarten gingen sie hinaus auf das Feld, die Beeren waren schon reif.

Das Feld war ein Stoppelacker, der Boden steinhart und lehmig.

»Fang an. Der schaut durchs Fenster«, sagte der Posten.

»Wenn er sonst nichts zu tun hat, soll er schaun. Ich grabe.«

Er stieß den Spaten steil in den Boden. Die oberste Schicht ließ sich gut herausbrechen, doch darunter war der Lehm wie trockener Kitt.

»Hier müßte man eine Brechstange haben«, sagte der Unteroffizier, »oder Dynamit.«

Der Wachposten stieß mit dem Stiefelabsatz gegen die Lehmklumpen, sie zerfielen zu dünnen Platten, die er zu Mehl zerdrückte.

Der Fahrer des Bataillonskommandeurs kam heraus.

»Was buddelt ihr hier, Jungs?«

Sie antworteten nicht.

»Soll das eine Feuerstellung werden?«

»Eine Grube wird das«, sagte der Unteroffizier.

»Was für eine Grube? Eine Teergrube? Wollt ihr was verglimmen lassen?«

»Ein Grab, ein gewöhnliches Grab, verdammt nochmal.«

»Sollen hier Russen verbuddelt werden?«

»Nein, Finnen, sakra.«

»Und wer?«

»Wer es zuerst schafft.«

Der Fahrer wandte sich dem Posten zu. »Was wird das? Soll die Latrine hierher?«

»Weiß ich nicht.«

»Er müßte einen richtigen Spaten haben. So einen Dränagespaten, mit dem kann man Holz hacken. Der geht in den Boden, so harten Boden gibts gar nicht, daß der nicht reingeht. Aber es ist eine Schinderei, damit zu buddeln. Ich habe mal einem zugesehen, der hob im Akkord Gräben aus. Ein starker Kerl, aber dazu braucht man auch Kraft. Und gefressen hat der, alle vier Stunden eine volle Mahlzeit. Er stand sogar nachts auf und aß, das mußte er auch, sonst hätte er nicht gekriegt, was er brauchte. Seine Därme hätten das gar nicht aufnehmen können.«

»Dein Wagen ist wohl in der Werkstatt?«

»Die Ölwanne ist schon wieder hin, verflucht!«

»So.«

»Jedesmal wenn er hunderttausend Kilometer runterhat, fällt sie auseinander. Die ist wie ein Tachometer.«

»Wo wart ihr gestern abend?«

»Bei den Kompanien. Er hat Waffenappell abgehalten. Morgen ist Divisionsappell.«

»Ach ja. Sommerjacken-Suvisalo spielt verrückt. Jetzt weiß ich auch, wie er auf die vierhunderttausend Spaten gekommen ist, die verbummelt worden sind.«

»War er hier, der Suvisalo?«

»Nein, Römppä hat es mir erzählt.«

»Wißt ihr überhaupt, weshalb der Sommerjacken-Suvisalo heißt? Das ist eine alte Geschichte. Vor dem Krieg kam eine Anordnung heraus, nach der die Offiziere im Sommer weiße Ausgehjacken tragen mußten. Keiner zog die gerne an, aber Suvisalo ließ sich eine machen und ging damit in den Offiziersklub. Ein zweites Mal hat er sie nicht angezogen, er brauchte es auch nicht. Weiß der Teufel, von dem Tag an hieß er Sommerjacken-Suvisalo.«

»Mußtest du ihn fahren?«

»Nein, nein«, sagte der Fahrer. Er gähnte, und jedes Gähnen zog ein weiteres nach sich. »Der Köter dort drüben hat die ganze Nacht gebellt. Ich konnte nicht schlafen. Ein Igel kommt immer an seinen Freßnapf, und der Hund bellt wie verrückt bis zum Morgen. Der Igel regt ihn so auf, der ist aber auch frech, er tut, als wäre gar nichts dabei: kommt, frißt dem Hund das Futter weg, säuft ihm das Wasser aus und geht wieder los, als wäre der Hund Luft für ihn. Und der wütet die halbe Nacht.«

»Wer hat denn da einen Hund?«

»Bestimmt so ein karelischer Hofhund, der zurückgekommen ist. Verflucht, ist das heiß. Wenn hier wenigstens ein See wäre, daß man baden könnte.«

»Ich war den ganzen Sommer noch nicht baden.«

»Ich war schon ein paarmal.«

»Ich kannte mal einen, dem hat die Hitze gar nichts ausgemacht. Als er fiel, standen die Jungs um ihn rum und staunten, wie dick er ist. Aber dann schauten sie genauer hin. Mein Gott, hatte der Klamotten an. Zuunterst zwei Flanellhemden, darüber vier Pullover, eine Sommerbluse und dann erst die Jacke. Er hatte das alles irgendwo gefunden und hatte es sich übergezogen. Und in seinem Rucksack waren Briefpapierblöcke, mindestens fünfzig Stück. Was er damit vorhatte, weiß der Teufel.«

»Er hat wohl gefürchtet, die Kumpel klauen ihm die Sachen, wenn er sie nicht anhat.«

»Ja, wie soll ein einfacher Soldat auch was fortschaffen, wenn er es nicht auf dem Leibe trägt.«

18

Am Abend kam der Major. Der Unteroffizier war erst bis an die Oberschenkel in der Erde. Um die Grube lag ein Wall aus weißem Lehm. Brocken waren da und dort auf die Stoppeln gerollt. Wenn sie auf den Boden fielen, stiebte der Lehm, der Wind blies ihn in kleinen Wölkchen über das Feld. Anfangs waren die

Brocken so groß wie Holzscheite, doch sie wurden rasch kleiner und waren bald nicht mehr zu sehen.

»Soll das fertig sein?«

Der Unteroffizier lehnte den Spaten an den Rand der Grube und zeigte ihm seine Handflächen. Sie waren blutig.

»Schön, morgen ist auch noch ein Tag. Morgen graben Sie die Grube fertig. Mehr als ein Meter ist es wohl noch nicht.«

Der Major wandte sich ab. Bevor er wegging, betrachtete er die Lehmklumpen. Er blieb stehen und kam noch einmal zurück.

»Das ist nicht schön, daß Sie den Lehm über das Feld verstreuen. Wenn es regnet, löst er sich auf, und dann kriegt man ihn nicht mehr weg. Das ist Grundlehm, der trägt nicht mal was, macht bloß den Boden hart. Sie schaffen alle Klumpen hier an den Rand der Grube, bevor Sie weggehen, ist das klar?«

Der Unteroffizier betrachtete die Klumpen.

»Herr Major«, sagte der Posten, »ich bin schon den ganzen Tag hier. Ohne Ablösung. Ich habe den ganzen Tag nichts gegessen.«

»Der Troß kommt erst gegen Abend wieder. Bis acht Uhr müssen Sie noch durchhalten. Schaffen Sie das?«

»Jawohl, Herr Major, das schaffe ich.«

»Und sagen Sie Feldwebel Rissanen, er soll auch diesem Deserteur etwas zu essen geben. Morgen muß die Grube fertig werden.«

Der Major kletterte über die Böschung, er schwenkte die Arme wie ein Skiläufer.

»Er läßt mich wohl ein Loch machen, in dem er selber noch Platz hat, wenn es zwei Meter breit werden soll?« fluchte der Unteroffizier.

»Die Klumpen mußt du wohl doch auf den Haufen werfen, das hat er extra gesagt.«

»Ja, ja, immer rauf damit, daß sie die Schönheit meiner letzten Stunde nicht stören.«

Der Unteroffizier lief über die Stoppeln, mit den Händen warf er die Klumpen auf den Wall. Sie zerbarsten dort, und das gab eine Staubwolke wie von einer Handgranate, die auf trockenen Boden fällt. Der Posten versuchte, die Klumpen mit dem Fuß hinzubefördern, aber sie zerbröckelten.

»Was ist mit dem Spaten, soll ich den mitnehmen?«

»Laß ihn ruhig hier. Den holt dir keiner weg.«

»Ich habe einen schrecklichen Durst. Laß mich ein paar Beeren essen, die sind sauer.«

»Nimm die hinter dem Haus, daß er es nicht sieht, falls er rausschaut.«

Der Unteroffizier ging zum Strauch und brach einen Ast ab. Er packte ihn, trat mit dem Stiefel in die Gabel, ein Stück vom Stamm ging gleich mit ab. Die Beeren rieselten nur so. Der Strauch war halbiert.

Der Posten schaute sich nach allen Seiten um. »Verflucht, du hast ja gleich den ganzen Strauch genommen.«

»Wenn schon! Das geht auf meine Kappe. Sei nicht so ängstlich.«

Der Unteroffizier ging in die Sauna. Er warf die Jacke ab und klopfte sie am Fensterbrett aus.

Der neue Posten hielt sich in einiger Entfernung, auf dem Weg. Der Unteroffizier saß im Fenster, den Strauch zwischen den Knien, und aß seine Beeren, die Stiele warf er nach draußen.

»Hier gibts Beeren, wenn du welche magst«, sagte er. Der Posten wurde unsicher und kam näher.

»Da fehlt ja die Fensterscheibe.«

»Die ganze Bude ist schon so hinfällig, daß Beerensträucher draus wachsen. Kennst du den Forsström?«

»Ja, den kenne ich.«

»Ob der heute auch wieder herkommt?«

»Nein. Für heute sind ganz andere eingeteilt.«

»Hör mal, Kumpel, du könntest mir einen Gefallen tun, falls der verrückte Hund mich tatsächlich erschießen läßt, wie er sagt. Ich glaube zwar, er droht bloß, aber das ist einer von denen, wo man nie weiß, wie weit sie gehen. Mist verdammter! Der schießt einen ab und glaubt noch, er will nur einschüchtern. Also, wenn er mich abknallt und läßt mich einbuddeln, in der Lehmgrube dort, dann besorg ein paar Papiersäcke. Sein Fahrer muß welche haben, vom Generatorholz. Hol ein paar solche Dinger und deck mich damit zu. Verdammich, sonst finden sie mich nicht wieder; wenn der Lehm mal richtig durchweicht, frißt er sich überall in mich rein.«

»Wenn es geht, werde ich das schon machen. Aber es kann sein, daß ich morgen schon nicht mehr da bin.«

»Und wenn du da bist, versprichst du es mir?«

»Ich werd dran denken. In Ordnung.«

»Du bist ein feiner Kerl. Das habe ich gleich gemerkt, als du kamst.«

»Will der dich im Ernst umlegen?«

»Weiß der Teufel, ob er es will. Er kann mich auch im Spaß umlegen, das ist es.«

Vom Drauftreten auf den Spaten hatte sich der Fuß unter dem Spann ein wenig entzündet, er schmerzte genauso wie damals, als er noch ein Kind war und die Älteren sagten, es tut weh, weil er wächst. Er zog die Stiefel aus und legte die Fußlappen auf die unterste Saunabank zum

Trocknen. Dann suchte er etwas für seine Füße, als sie abgekühlt waren. In der ganzen Sauna fanden sich aber nur ein hölzerner Waschzuber, eine alte Bürste und der Kehricht auf dem Fußboden. Schließlich fiel ihm der Rauchfang ein. Er war mit einem alten Sack verstopft. Er zerrte ihn aus dem Loch und breitete ihn aus. Aber der Sack war so grob und so steif, daß er nichts damit anfangen konnte. Auf dem Ofen fand er eine Streichholzschachtel, in der gebrauchte und ungebrauchte Streichhölzer durcheinander lagen. Sie hatten wohl schon die ganze Zeit dort gelegen. Er las die Überreste des Fensterkreuzes vom Fußboden auf und heizte den Ofen damit. Der Rauch schlug nach innen, doch er zog durch das Fenster und durch die Esse ab. Er schwebte genau in Hüfthöhe, flach wie eine Scheibe, nur zwei Arme langten in die Höhe, einer davon über die Liegebretter zum Rauchfang. Er bewegte sich so träge, daß man es gar nicht sah. Mit dem Fußrost hielt er das Feuer weiter am Leben. Er trat drauf und zog die Lattenenden hoch, brach sie erst bis zum ersten Nagel weg und dann auf dieselbe Weise bis zur nächsten Querlatte. Sie waren so alt, daß man sie kaum knacken hörte. Damit man das Feuer von draußen nicht sah, stellte er die Bank vor das Fenster und dann auch noch eine von den Pritschen. Sie war so breit, daß man darauf liegen konnte. Zusammen deckten sie das Fenster fast zu. Als kein Rauch mehr kam, kletterte er auf eines der Liegebretter und stopfte den Sack wieder in die Esse. Die Fußlappen trockneten über dem rußfreien Ende der Ofengabel, das auf der Pritsche lag, das andere Ende steckte im Ofen. Er schob noch die Glassplitter aus der Mitte weg, zur Wand hin, damit er nicht reintrat. Dann setzte er sich vor das Feuer, hob die Fußsohlen ins Warme und schaute in die kleinen Flammen, die irgend etwas aufzuführen schienen. Sie schwankten von einer Seite zur anderen, wurden unruhig, beruhigten sich, wurden krumm und wieder gerade. Zwischendurch fauchte etwas auf, und die Flammen duckten sich, als müßten sie ausweichen.

Der Posten wurde abgelöst, der neue brachte ein Kochgeschirr Erbsensuppe für ihn mit. Er war schüchtern, er blieb an der Tür stehen und sagte nur, daß er Essen für ihn habe. Als der Unteroffizier hinkam, ging er hinaus auf den Hof und übergab es ihm dort.

Die Sonne war untergegangen, am Himmelsrand hing ein schmales rotes Licht unter einer schnurgeraden Wolke. Sie schien so weit weg zu sein, daß wohl alles auf dieser Seite der Wolke Platz hatte, die ganze Welt. Im Wald gurrte eine Holztaube.

Der Posten zog auch noch Brot aus seinem Beutel, es war in dickes Papier eingeschlagen. Zwei ordentliche Scheiben, und dazwischen lagen Butter und Schmelzkäse.

»Hör mal Kumpel, wenn du es irgendwie kannst, gib mir was zu rauchen. Geld habe ich keins bei mir, das haben sie mir im Stab abgenommen. Aber dort hab ich welches. Ich kauf dir was ab, auch eine größere Menge. Wenn ich hier wegkomme, bezahle ich es dir. Oder ich geb dir eine Quittung, und du verlangst es von ihnen. Ich habe mehr als tausend dort liegen.«

»Ich mache grundsätzlich keine Geschäfte. Keine schwarzen. Aber eine Zigarette habe ich noch jedem abgegeben.«

Der Posten zückte seine Zigarettendose. Der Unteroffizier nahm sich eine heraus.

»Blättchen hast du keine, wie? Es ist natürlich frech,

gleich um noch was zu bitten. Aber ich würde mir aus der einen ein paar drehen, damit sie nicht gleich alle ist.«

»Blättchen habe ich keine, aber nimm dir noch eine.«

»Na weißt du, das kriege ich nun auch wieder nicht fertig.«

»Nimm schon, ich geb sie dir.«

»Traurige Lage, wenn einer einem ganz Unbekannten was abbetteln muß. Aber du kriegst sie zurück, wenn ich dazu komme, sie dir wiederzugeben.«

Der Unteroffizier nahm sich noch eine Zigarette. Dann griff er sich Brot und Kochgeschirr und ging hinein.

»Wem gehört das Kochgeschirr?« fragte er in der Tür.

»Das ist meins. Sieh zu, daß du es leer hast, bis ich abgelöst werde.«

Die Suppe war kalt, er wärmte sie in der Glut auf. Die Butter und den Käse drückte er mit dem Daumen auf dem Brot breit. Einen Löffel hatte er nicht, er setzte das Kochgeschirr an und trank die Suppe. Als er es leer hatte, brachte er es dem Posten gleich zurück. Dann setzte er sich wieder ans Feuer und zündete sich mit einem Holzspan die Zigarette an. Für ein paar Sekunden war ihm ziemlich mulmig. Er rauchte nur bis zur Hälfte, dann kippte er sie ab, fuhr in die Stiefel und ging zur Tür.

»Komm mit, ich muß zur Latrine.«

Er polterte mit dem Deckel und zerriß Papier, bevor er wieder herauskam. In seiner Hintertasche steckte eine zusammengefaltete Zeitung. Als er wieder drin war, drehte er sich aus den anderthalb Zigaretten sechs dünne, er legte sie ordentlich nebeneinander auf die unterste Pritsche.

19

Am nächsten Tag um drei war die Grube fertig. Tiefer unten war der Lehm feucht und ließ sich in gleichmäßige Stücke teilen. Als der Wall einen Meter hoch war, bekam man die Spatenklinge lange nicht mehr zu sehen. Dann und wann rollte ein Lehmklumpen außen am Wall herunter und blieb irgendwo liegen. Der Melder bewachte ihn auch heute wieder. Er stand ein wenig abseits, und weil er den Grabenden so wenig sah wie der Grabende ihn, unterhielten sie sich auch nicht.

»Wird das reichen?«

Der Posten trat an den Rand des Grabes und schaute hinein. Der Unteroffizier hatte die Ränder und den Boden glatt gemacht.

»Auf den Zentimeter wirds wohl nicht ankommen?«

»Ich glaube doch«, sagte der Unteroffizier und hob noch eine dünne Schicht aus. »Mir ist sie gut genug. Ob sie dem Major gut genug ist, muß man abwarten.«

Der Unteroffizier lehnte den Spaten an die Wand, stellte den Fuß auf den Griff und stieg ächzend heraus. Dann angelte er nach dem Spaten, kam über den Wall auf das Feld und klopfte sich die Hosenbeine ab. Seine Wangen waren gerötet, die Augen zeigte er nicht.

»Wird er herkommen, oder gehen wir hin?«

»Warten wir noch ein bißchen.«

Der Posten bot ihm eine Zigarette an und gab ihm Feuer. Der Unteroffizier nahm ihn beim Handgelenk, wie es manche Raucher machen, die bei der Bahn sind. Er führte die Hand des anderen, bis die Zigarette glühte, dann ließ er sie los. Seine Finger zitterten ein wenig.

»Verdammt viel Lehm war da drin«, sagte der Posten.

Der Unteroffizier schulterte den Spaten und ging

voran. An der Haustür wollte er sich die Stiefel im Gras abwischen, doch das war dürr und trocken. Da trat er sich einen Ast von einem Strauch ab und reinigte sich die Stiefel damit, auch den Steg zwischen Sohle und Absatz. Von beiden fielen gleich große Lehmbatzen, sie waren glatt und kegelförmig. Dann gingen sie auf die Hofseite in den Schatten. Der Unteroffizier wischte die Stiefel noch einmal mit Kiefernnadeln ab. Er strich sich das Haar hinter die Ohren und rückte seine Mütze zurecht. Bevor er die Stufen hinaufstieg, schaute er sich nach dem Posten um. Er hatte den Spaten in der Hand, hatte ihn in der Mitte des Stiels gepackt und drückte ihn senkrecht an die Rippen, das Blatt nach unten. Der Stiel war ein Knüppel, ein klobiges Ding, der Griff oben am Ende aus anderem Holz. Das Blatt war breiter als der Griff, die Schneide rund.

»Herr Major, die Grube ist fertig«, meldete der Posten.

»Was für eine Grube, zum Kuckuck? Ach so, ach so«, sagte der Major und zog das Schubfach auf, bis es an seine Brust stieß. Er schaute einen Augenblick hinein, brachte wieder die Pistole zum Vorschein und fing an, damit herumzuspielen. Der Adjutant am unteren Tischende schaute von einem zum anderen. Der Posten stand an der Tür. Der Unteroffizier setzte den Spaten ab und hielt ihn bei Fuß wie ein Gewehr.

»Sie denken wahrscheinlich, ich wollte Ihnen bloß angst machen, aber so ist das nicht, tut mir leid. Was weiß ich, was Sie denken. Interessiert mich auch nicht. Ich habe selber genug zu denken. Oder glauben Sie, ich habe Zeit für Späße? Ich kann Ihnen sagen, die habe ich nicht, auch keine Lust. Wenn ich meinen Spaß haben will, trinke ich was und reiße Witze. Also schön, das Grab ist fertig. Aber das eilt nicht, wir können die Sache ruhig noch ein bißchen hinausschieben. Wenn Sie noch was zu sagen haben, dann raus damit!«

»Kann ich einen Bleistift und ein Stück Papier bekommen?«

»Aber ich werde zensieren, was Sie schreiben. Leutnant, geben Sie dem Mann Papier und Bleistift. Setzen Sie sich an den Schreibmaschinentisch. Posten, nehmen Sie die Schreibmaschine weg, damit er dort schreiben kann.«

Der Unteroffizier setzte sich hin und nahm den Bleistift zur Hand. Den Spaten lehnte er an sein Knie, er fiel um.

»Posten, bringen Sie diesen Mistspaten weg. Hier ist keine Rumpelkammer.«

Der Posten nahm den Spaten, er trug ihn hinaus und lehnte ihn neben der Treppe an die Wand. Als er wieder hereinkam, saß der Unteroffizier da, den Bleistift in der Hand, schrieb aber nicht.

»Was ist, wird nichts aus der Schreiberei? Soll ich nachhelfen? Was schreiben Sie, an wen? An die Braut?«

»Nein.«

»An wen sonst?«

»Ich schreibe nach Hause, sie sollen die Leiche da wegschaffen, aus der Grube. Dort wird sie nicht bleiben, verdammich! In der Grube werde ich nicht verfaulen, das ist sicher.«

»In Ordnung, das werden Sie auch nicht. Ich darf Sie jetzt gar nicht erschießen. Gehen Sie raus, schütten Sie die Grube wieder zu, bevor sie jemanden erschreckt. Der Akker gehört schließlich jemandem, den kann man nicht so ohne weiteres aufbuddeln.«

Der Unteroffizier erhob sich.

»Das soll machen, wer will. Ich mache es nicht, Herr Major.«

»Ich gebe Ihnen den Befehl dazu.«

»Ich führe ihn nicht aus, Herr Major.«

»Sie sind ein komischer Kerl. Meiner Meinung nach könnten Sie ganz zufrieden sein, daß ich Ihnen das befehle.«

»Ja, aber ich führe den Befehl nicht aus. Reicht es nicht, daß ich die Grube gegraben habe, Herr Major?«

»Mir ist wahrhaftig noch keiner begegnet, der mich anschreit.«

»Ich bin Ihnen schon mal begegnet. Zuletzt auf dem anderen Ufer des Vuoksi, als Sie durch den Wald liefen und herumfragten, wo das Bataillon ist. Dort sind wir uns zuletzt begegnet. Damals befahlen Sie mir, mein Mundwerk zu zügeln, Herr Major.«

»Und das befehle ich Ihnen auch jetzt.«

»Damals sagte ich Ihnen, daß der Russe soeben auf der Chaussee vorbeigefahren ist. Die Spuren waren ganz deutlich, sie staubten noch, und es stank nach Benzin. Da sagten Sie, ich solle mein Mundwerk zügeln.«

»Was soll das heißen?«

»Sie sagten, ich wäre Ihnen noch nicht begegnet, Herr Major.«

»Glauben Sie, ich kann mich an jeden Mann erinnern, dem ich irgendwann mal gesagt habe, er soll das Maul halten?«

»Aber die Russen waren dort gerade vorbeigefahren. Deshalb ging auch die Brücke hoch. Der Wagen war dicht davor.«

»Und wenn er unter der Brücke war! Jetzt machen Sie Schluß. Oder ich werde Schluß machen.«

Der Major warf die Pistole in das Schubfach.

»Gehn Sie zu Ihrer Kompanie. Ihren Prozeß kriegen

Sie noch, zu gegebener Zeit. Und Ihr Urteil auch. Vier Jahre sind Ihnen sicher, weil Sie als Unteroffizier die Ihnen anvertraute Gruppe im Kampf allein gelassen haben. Die Zuchthausstrafe werden Sie absitzen, wenn der Krieg vorbei ist. Leutnant, geben Sie ihm den Briefumschlag.«

Der Adjutant nahm einen dicken Briefumschlag aus seinem Schubfach.

»Schauen Sie gleich nach, ob nichts fehlt, sonst heißt es noch, wir haben Sie beschissen.«

Der Unteroffizier stand da, den Umschlag in der Hand.

»Gehen Sie schon, wenn ich es sage!«

Der Unteroffizier drehte sich um und ging hinaus. Draußen schulterte er den Spaten. Als er am Waldrand angelangt war, blieb er stehen und schaute sich um. Auf dem Weg war niemand zu sehen. Er ging weiter, rannte fast. Hinter einer Biegung verließ er den Weg und rannte ein paar hundert Meter in den Wald hinein. Dort blieb er stehen und setzte sich hin. Er riß den Umschlag auf und steckte die Sachen ein. Er nahm ein Streichholz aus der Schachtel, zündete es an und ließ es bis zu den Fingerkuppen herunterbrennen, bevor er es ausblies. Dann stand er auf und kehrte zum Weg zurück. Erst dort merkte er, daß er den Spaten vergessen hatte, doch er kehrte nicht um, er holte ihn nicht. Er ging ein paar Schritte weiter und blieb wieder stehen. Er begriff, daß er eigentlich gar nicht wußte, wohin er gehen sollte. Er kannte die Gegend nicht, er wußte auch nicht, wo die Kompanie lag. Er blieb stehen, bis ein Soldat auf einem Fahrrad den Weg entlangkam. Die Radspeichen glitzerten in der Sonne wie versilberte Fächer.

»Wo liegt hier die dritte Kompanie?« fragte er.

»Immer den Weg lang, zwei Kilometer«, rief der andere über die Schulter.

Der Weg führte auf einen Hügel, der nach beiden Seiten so gleichmäßig abfiel, daß er, wenn er sich ein paarmal herumgedreht hätte, ohne die Sonne bestimmt unsicher geworden wäre, woher er kam und wohin er gehen mußte. Als er in den Schatten des Hügels trat, schien ihm die Luft wie von dünnen Querstrahlen durchzogen, er hatte das Gefühl, sie gingen mühelos durch ihn hindurch, schnitten ihn in so feine Stücke, daß sie nicht einmal auseinanderfielen. Er fror plötzlich und mußte sich übergeben.

20

Die Zelte standen links der Straße in einem Fichtendickicht. Auf dem Weg patrouillierte ein Mann mit Stahlhelm, eine Maschinenpistole über der Schulter.

»Ach, der Ojala Lauri«, sagte er.

»Wo sind die anderen?«

»Essen gegangen.«

»Wo essen sie?«

»Einen Kilometer von hier, bei der ersten Kompanie.«

»Wo ist das Zelt von meiner Gruppe?«

»Da, das zweite.«

»Sind alle am Leben? Keiner gefallen?«

»Den Lassila hat eine Granate erwischt.«

»Nein.«

»Wir lagen im Graben, und es hagelte Granaten. Als es vorbei war, standen wir alle auf, bloß Jussi Lassila nicht. Talvela fragte: ›Hat Jussi was abgekriegt?‹ – ›Dreimal darfst du raten‹, sagte Jussi. Alle dachten, er macht Witze, dabei hatte ein Splitter ihm die ganze Seite aufgeschlitzt. Die Lunge war zu sehen. Sie brachten ihn weg, aber er starb bald, sie waren noch gar nicht weit mit ihm.«

Dann kam die Kompanie zurück, sie marschierte in Dreierreihen. Der Unteroffizier ging ihr entgegen. Als sie halt und Front gemacht hatte, meldete er sich beim Kompaniechef.

»Herr Leutnant, ein Unteroffizier meldet sich zur Kompanie zurück.«

»Na, sind Sie Ihre Dreschmaschine losgeworden?«

»Nein, ich konnte sie nicht mehr verkaufen, die Abfahrt kam dazwischen.«

»Waren Sie schon beim Bataillon?«

»Zwei Tage, Herr Leutnant.«

»Was hat man Ihnen dort gesagt?«

»Eine ganze Menge hat man mir gesagt, Herr Leutnant. Dann befahl mir der Major, zur Kompanie zu gehen.«

»Mit Ihnen rede ich noch. KOMPANIE HERHÖREN! IN EINER HALBEN STUNDE HERAUSTRETEN ZUM ABMARSCH! BESICHTIGUNG DURCH DEN DIVISIONSKOMMANDEUR! FELDMARSCHMÄSSIG!«

Die Männer gingen in die Zelte. Der Unteroffizier fragte: »Herr Leutnant, auf mich trifft der Befehl ja wohl nicht zu, oder?«

»Können Sie keine richtigen Fragen stellen? Vor allem fragen Sie immer nur eins.«

»Jawohl, Herr Leutnant. Herr Leutnant, betrifft dieser Befehl auch mich?«

»Der Befehl betrifft alle.«

»Herr Leutnant, ich habe keine Ausrüstung.«

»Dafür kann ich nichts.«

Der Unteroffizier ging in das Zelt. Die Männer suchten ihre Sachen zusammen. Zwischendurch schauten sie zu ihm herüber.

»Sind hier überzählige Klamotten?« fragte er.

Keiner antwortete. Erst als er einen von ihnen direkt ansprach, bekam er die Auskunft, daß beim zweiten Zug einer auf Urlaub gefahren sei.

Auf dem Marsch zum Appellplatz fragte einer von hinten: »Na, wie fühlst du dich, Lauri, so in Reih und Glied?«

»Ach, es geht. Ist ja nicht das erstemal.«

»Hast du dir wenigstens eine vorgeknöpft?«

»Darüber wird nicht geredet.«

»War dumm von dir, deinen Namen in die Zeitung zu setzen. Wir hatten gedacht, du bist gefallen.«

»Dort zu Hause wird man dumm.«

»Wir haben ganz schön gestaunt, als wir das lasen. Jokela lief zwei Tage lang mit der Zeitung herum und las es laut vor. ›Lauris Todesanzeige steht in der Zeitung‹, sagte er. ›Gebrauchte Dreschmaschine, gut erhalten, bei Barzahlung und baldigem Abtransport zu verkaufen.‹ Und drunter stand Lauri Ojala. Kein Wort von der Freiheitsmedaille. Ohne Ehren gestorben.«

»Maul halten«, schrie der Leutnant. »Hier wird nicht mit Landwirtschaftsmaschinen geschachert!«

»Daß sie dir die Tressen nicht abgenommen haben?« fragte verwundert sein Nebenmann.

Zwei Reihen weiter vorn marschierte Erkkilä.

»He, Erkkilä!«

»Was ist?«

»Wie seid ihr damals über den Vuoksi gekommen?«

»Wir? Herrgott, wir haben uns die Taschen mit Steinen vollgepackt und sind auf dem Grund langgelaufen.«

»Warum seid ihr mir nicht nachgekommen, über die Brücke?«

Erkkilä gab keine Antwort.

»Redest du nicht mit mir?«

»Was gehst du mich an.«

»Ich bin an der Brücke rüber.«

»Glaubst du wirklich, wir konnten dort liegenbleiben und abwarten, ob du gut durchkommst, wo zwanzig Meter weiter ein schweres Maschinengewehr lag? Dein Glück, daß wir dir nicht nachgekommen sind. Du würdest nicht mehr hier herumlaufen, wenn wir das gemacht hätten.«

»Warum haben sie nicht geschossen?«

»Die schießen doch nicht, wenn sie darauf warten, daß wir auch noch in der Stromschnelle rumhopsen, verdammich. Du wärst dann auch schön mit runtergetropft. Ihre Köpfe und das MG hoben sich deutlich vom hellen Moos ab. Die wußten bloß nicht, wie viele wir sind. Deshalb wagten sie nicht, zu schießen. Aber sie warteten darauf, uns auch gleich mit abzuknipsen.«

»Wann seid ihr rübergekommen?«

»In der gleichen Nacht.«

»Und wie? Seid ihr rübergeschwommen?«

»Bestimmt.«

»Das ist doch kein Kriegsgeheimnis?«

Erkkilä gab keine Antwort.

»Wie sind sie rübergekommen? Weißt du es?« fragte der Unteroffizier seinen Nebenmann.

»Sie haben sich die Rucksäcke und Brotbeutel mit Kienäpfeln und trockener Rinde vollgestopft und sind damit rübergeschwommen.«

»Es gibt wirklich nichts Klügeres als den Menschen.«

»Bis auf den anderen Menschen.«

Das Bataillon formierte sich auf einem Feld am Dorfrand, an dessen Rändern zwei, drei Meter hohe Sträucher wuchsen. Der Oberst kam in einem Geländewagen. Er schritt die Reihen ab, von einem Ende zum anderen, Kompanie nach Kompanie. Der Oberst trug einen hohen weißen Kragen, der in der Dämmerung weithin leuchtete. Daran sah man stets, wo er gerade war. Bei der dritten Kompanie ging er schon durch, ohne anzuhalten. Der Kompaniechef stellte ihm Leivo vor.

». . . Vernichtete drei Panzerwagen des Feindes. Geriet in eine andere Einheit und blieb bei dieser, obwohl sie sich in einer gefährlichen Situation befand und er Gelegenheit gehabt hätte . . .«

»Hier haben wir drei Mann vom Strafbataillon, sie wurden uns in Vuosalmi bei der Auffüllung zugeteilt.«

Die Männer standen als letzte in der hintersten Reihe. Der Divisonskommandeur machte bei ihnen halt. Sie sahen wirklich wie Verbrecher aus.

»Was haben Sie getan?«

»Herr Oberst, wissen Sie, das war so . . .«, stieß der Mann so rasch heraus, daß er aussah wie ein mümmelndes Kaninchen. ». . . Und weil ich dem Kumpel also die Uhr abgenommen hatte . . .«

»Was haben Sie geklaut?« fragte der Oberst den nächsten.

Der wollte nicht mit der Sprache heraus. »Einem anderen das Leben«, sagte er dann zögernd.

»Ach so, ach so«, der Oberst wandte sich ab und ging auf seinen Stab zu.

Er kletterte auf den Geländewagen, auf die Motorhaube, um eine Rede zu halten.

»Besonders freue ich mich über die Vollzähligkeit des Bataillons und über seine gute Bereitschaft. Es hat seine Stellungen behauptet und die ihm übertragenen Aufgaben in mustergültiger Weise erfüllt. Jetzt, da die fehlenden Waffen ergänzt worden sind und die Ausrüstung sich verbessert hat, entspricht das Bataillon wieder allen Anforderungen, die an ein kampffähiges Bataillon zu stellen sind. Aber es darf nicht vergessen werden, daß es auch weiterhin gilt, die Kampfmoral und die Kampfbereitschaft auf der Höhe zu halten und dafür zu sorgen, daß keine Disziplinlosigkeiten vorkommen. Solche Dinge sind traurigerweise zu verzeichnen gewesen. Es gibt sogar Beispiele für völlige Gleichgültigkeit und Verantwortungslosigkeit in dieser für unser Vaterland so schicksalsschweren Zeit. Sie sind einmütig zu verurteilen. Nur Kampftüchtigkeit und unerschütterlicher Kampfeswille eines jeden Mannes und sein unbedingtes Sichfügen in die Erfordernisse der Disziplin vermögen bei Freund und Feind jenes Vertrauen, jene Achtung und Furcht zu erwecken, die unsere Armee allein befähigen, ihre Aufgaben ehrenvoll zu erfüllen, zum Wohle des Vaterlandes und zu unser aller Nutzen. Ich möchte auf noch etwas eingehen, worüber viel geredet worden ist, ohne daß bisher eine Besserung eingetreten wäre. Es sind ungebührlich viele Waffen und Ausrüstungsgegenstände verlorengegangen. So ist das Bataillon fast völlig ohne einen so wichtigen Gegenstand wie einen Spaten. Obwohl jeder aus persönlicher Erfahrung wissen sollte, daß der Spaten geradezu erstrangig wichtig und unersetzbar ist. In dieser Frage ist eine sofortige Wende zum Besseren herbeizuführen.«

Der Oberst stieg von der Motorhaube zurück in den Wagen und fuhr los. Der Wagen rollte quer über die Ackerfurchen und Gräben zur Landstraße, er schaukelte wie ein Boot auf den Wellen. Die Kompaniechefs übernahmen wieder das Kommando, die Kompanien marschierten zurück zu ihren Zelten. Die Landstraße staubte. Der Staub war nicht zu sehen, aber sie spürten ihn in der Nase und auf der Zunge. Der Wald war dunkel, er sah aus, als gehörte er gar niemandem. Am Himmel standen Sterne noch und noch.

Sammlung Trajekt 23

Verlagsgemeinschaft Ernst Klett Verlag –
J. G. Cotta'sche Buchhandlung
Titel der Originalausgabe: *Sujut*, 1961

Printed in Germany 1988
Schutzumschlag: Klett-Cotta-Design
Satz: Fotosatz Janß, Pfungstadt
Druck: Wilhelm Röck, Weinsberg
Gedruckt auf säurefreiem
und holzfreiem Werkdruckpapier

CIP-Titelaufnahme der Deutschen Bibliothek
Meri, Veijo:
Quitt : Roman / Veijo Meri.
Aus d. Finn. von Richard Semrau. –
Stuttgart : Klett-Cotta, 1988
(Sammlung Trajekt ; 23)
Einheitssacht.: Sujut ⟨dt.⟩
ISBN 3-608-95605-0
NE: GT

Alexis Kivi: Die sieben Brüder

Roman. Aus dem Finnischen übersetzt von Gustav Schmidt, durchgesehen von Andreas F. Kelletat. Nachwort von Manfred Peter Hein. Sammlung Trajekt Band 2. 442 Seiten, Leinen. ISBN 3-12-907621-2

»Man würde den ›Sieben Brüdern‹ kaum zu viel Ehre erweisen, wenn man sie in seiner imaginären Bibliothek nach dem ›Don Quixote‹ plaziert.« *Bayrischer Rundfunk*

Paavo Haavikko: König Harald

Hörspiele. Aus dem Finnischen übersetzt von Manfred Peter Hein. Sammlung Trajekt Band 8. 192 Seiten, Leinen. ISBN 3-608-95029-X

»Haavikkos pointengeladene Erzählweise hat ein breites Spektrum, befindet sich manchmal ganz in der Nähe des schwarzen Humors, ist gespickt mit liebevoll ausgeschmückten Digressionen, hintergründigen Disputen.« *Neue Zürcher Zeitung*

Pentti Haanpää: Erzählungen

Aus dem Finnischen übersetzt von Manfred Peter Hein. Nachwort von Manfred Peter Hein. Sammlung Trajekt Band 11. 109 Seiten, Leinen. ISBN 3-608-95129-6

»Zu seinen Lebzeiten lange umstritten, gelten die Kurzgeschichten von Haanpää in einer bar jeder Weitschweifigkeit und konzentrierter Form geschriebenen Prosa als Höhepunkte finnischer Literatur.«
Der Nordschleswiger